講談社文庫

# 高架線

滝口悠生

JN036177

講談社

# 目次

# 高架線

滝口悠生

新井田千一《あらいだせんいち》です。私の実家は池袋駅から西武池袋線で下って行って埼玉に入ったあたりで、幼少期から二十歳までそこで過ごした。池袋から西武線で下って、という言い方は、実家からも西武線の沿線からも離れて久しい今現在になってからの言い方で、かつては西武池袋線を上って池袋に出る感覚だった。高校が家から近くて自転車通学だった私は、都内の大学に通うようになってはじめて毎日電車に乗るようになった。それまで近所で済んでいた行動範囲が、一気に大きく広がったような気がしたものだった。

上り線で所沢を出て、まだところどころ畑や雑木林のある東京の市部から、列車はやがて住宅の建て込んだ練馬区に入る。窓外の景色が家々の高さを越え、線路が高架となるのは練馬駅の手前あたりで、やがて戸建ての家と、低層のマンションがほとんど隙間なく並ぶ景色が遠くまで抜けて、その奥というか途中に、としまえんのバイキングやタワー状の乗り物が小さく見えた。家々の屋根がそれぞれ少しずつ違う色や広さや傾きで敷き詰められたみたいに遠くまで続いていて、ごく緩く、土地が上っていくのが、連なる屋根の差でわかる。私は毎日その風景を見ていた。

所沢方面から池袋に出る場合、練馬近辺に停車しない急行、あるいは練馬駅には停車するがその近辺の他の駅には停車しない準急や快速に乗ることがほとんどだった。郊外から都心部へ効率的に人を運ぶため、都心至近の乗客と郊外からの乗客とでは、ほとんど別の路線のようにダイヤが交わらない。郊外組だった私は、練馬を過ぎて、窓の外の眺めがまた高架から地上に戻ると、それが間もなく池袋に着く合図であるかのように思っているばかりで、その間に減速もせずに通り抜けるいくつかの通過駅のことなど、ほとんどその存在を意識していなかった。

大学三年の時に実家を出た。卒業して引っ越すことになった写真サークルの先輩が住んでいたアパートの部屋を譲り受けるみたいにして、そこに住むことになった。大学は新宿区にあって、実家からも通えないことはなかったし実際二年間通っていたが、ひとり暮らしへの憧れもあり、何より三万円という破格の家賃が決め手だった。

最寄りの駅は、西武池袋線の東長崎駅。練馬の高架から地上に降りた急行列車が池袋までの間に通り過ぎる、私がいつも気にしなかった各駅停車しか停まらない駅だった。

その頃、西武池袋線の東長崎の駅はまだ新しい駅舎になっていなかったが、改築工事は徐々にはじまっていた。高架の駅舎の二階に改札があり、そこから左右にわかれてそれぞれ階段を降りたところが北口と南口で、という構造はその後完成した新しい駅舎でも同じだけれど、古い駅舎は柱も剝き出しのコンクリートでひびや染みが目立ったし、壁や屋根はトタンみたいな鉄板で錆びが浮いていた。床もタイルではなくてアスファルトみたいな黒っぽいやつで、全体に古びて陰気だった。私はそれがいやだったかと言うとそんなことはなく、むしろ好ましく思っていた。

駅から江古田《えこだ》方面に歩いて五分ほどのところにあったかたばみ荘も、当時すでに築四十年以上が経っていてもっと汚くてぼろかったが、そのうらぶれた様子もやっぱり私は気に入って、先輩から部屋を譲り受けた。

かたばみ荘は木造の二階建てで、一階と二階に二部屋ずつがあった。各部屋の間取りは、他の部屋をちゃんと確かめたことはないがたぶん全部だいたい同じで、六畳の板の間と、二畳くらいの台所がある。床も壁も剝がれたり破れたりでぼろぼろだった。歩けば床板がしずみ、壁に寄りかかればそこばかりでなく建物全部がたわむのか、思わぬ場所からぎい、と音が鳴ったりした。風呂とトイレもちゃんと各部屋についている。ユニットバスと言えば聞こえはいいが、やたら広い風呂場にシャワーと和式の便所がある珍奇な風呂場だった。換気扇がなく、廊下に面した壁にこぶし大の穴が空いているだけだったが、案外とそれで換気はちゃんとできていた気がする。

アパートは前の道から見て奥に延びるように建っていた。各部屋は、一階の手前、奥、二階の手前、奥、とそれぞれ呼ばれ、正式には一号から四号の室名があったが、聞いた話ではむかし四号室に住んでいた住人が縁起が悪いと番号で呼ぶのをきらい、それ以来、手前、奥と呼ぶようになったという。一階手前が一号室、二階手前が二号室、一階奥が三号室で二階奥が四号室、という不自然な割り当ても、号室での呼び方が定着しなかった一因ではないかと思う。

私たちの部屋は二階の手前の部屋、二号室だった。私たち、と言っても別に誰かと住んでいたわけではなく、かたばみ荘では、部屋が知り合いから知り合いに代々住み継がれる変わった習いがあった。住人は引っ越しの際に、自分の住んでいた部屋の次の住人を探してきて、大家に斡旋する。大家は近所に住んでいる万田さんという六十代くらいの夫婦で、家賃が安いのはそうやって不動産屋の仲介を省いているためでも

あり、私も先輩に直接大家を引き合わされて、部屋は事前に見せてもらっていたから
その場で契約書を書いた。
　サークルの友達数人を集めて、先輩の退出と私の入居とを同日に済ませた。三月のよく晴れた日で、私は二十歳だった。通常行われるような部屋のクリーニングとか鍵の交換とかいったことは一切なく、先輩が家具を運び出し、ちょっと掃除をした程度のところに、自分の二、三の家具を運び入れただけで、自分で話していても六〇年代とか七〇年代の学生の話みたいに思えるが、それが二〇〇一年の春の話だから、私の二十一世紀はそんなふうにはじまったのだ。
　部屋には代々の住人たちの暮らしの跡、傷だの、匂いだの、汚れだのが、至るところに残っていた。先輩以外に知る人はいないが、それらを残した住人たちも、辿っていけば、知り合いの知り合いの知り合い、ということになり、自分だけの部屋というよりは、自分たちの部屋、私たちの部屋と言いたかった。

＊

新井田千一です。それが二〇〇一年の春で、私がかたばみ荘に住んだのは約四年半、二〇〇五年の秋までだった。私は話をするのがたぶん下手で、人によく回りくどいとか冗長だとかと言われる。自分でもわかっているのだけれど、話をしようと思うとなかなか本題にたどり着かなくて困る。

二〇〇五年にかたばみ荘を退去した私が、四年半住んだ二階手前の次の住人として探してきたのが片川三郎で、彼の人柄や、彼が起こした失踪事件と、私がここまで話した、自分が西武線沿線で育ったことなんかとは直接関係がないのだが、三郎くんが失踪したという話を、こうして私が話す以上は、私の話からはじめなくては話しようがないように思うのは私だけなのだろうか。普通の人はそうじゃないんでしょうか。

けれども今ここに三郎くんがいないし、まして失踪事件の最中に三郎くんはいるわけがないのだから、私は私の話として、私のことから三郎くんの失踪事件を話しはじめてしまい、となれば、三郎くんのこともその延長上にしか話しようがない。もう一度はじめから話し直したとして、そしたらたとえば三郎くんがいきなり失踪しているかもしれない、そしたら話が早い？　本当にそうでしょうか。ここまで話を聞いた人にそんな仮定の話をしてどうなるというのか。話はもうとっくにはじまっていて、はじまったものは戻れないし、早いも遅いもない。

だからまた私の話は三郎くんから逸れるんですが、私はまだ実家にいた高校二年の頃、文通をしていたんですね。相手は札幌に住む成瀬《なるせ》文香《ふみか》という女性で、二十五歳の看護婦だった。私は今も、彼女の家の住所を覚えていて、声に出して言うことができる。言わないが。アパートの名前に部屋番号まで、はっきり記憶している。文通をしていたのは半年ほどの間だったが、その間に何十回も宛先を書いた。もう十五年以上前だが、まだ忘れていないし、この先しばらくは忘れないだろう明晰さで今も覚えている。もう手紙を書くことはない。書くつもりもないのに、それでも忘れないというのは考えてみるとどういうわけで私はそれを覚えているのか不思議だ。

一九八〇年生まれの私が携帯電話を持ったのは、大学に入学して少し経った頃だった。これは個人的にとても重要なことで、私は携帯電話を持たずに高校時代を過ごした、いや過ごせたと言うべきか、ともかくその最後の世代になると思う。携帯電話を持っている同級生もいるにはいたが、友人同士の連絡はまだまだ家の固定電話が主流だった。だからと言って文通が一般的だったわけではもちろんなくて、私も、成瀬文香も、自分たちが敢えてそんな古くさい方法をとっているという認識はちゃんとあり、それを楽しんでいた。

きっかけは、国際交流サークルなる学校非公認の陰気な団体がやっていた活動だった。その団体が交流していた学外の文通サークルを通じて、成瀬文香と私の文通ははじまった。私はバドミントン部に所属していたのだけれど、その国際交流サークルに所属していた友人に頼まれて、名義貸しのような形でその団体にも所属をしていた。学校から部費の出る部活動団体への昇格を目指すのに、頭数が必要だったらしい。それでその学外の文通サークルとやらにも私の名前や住所が勝手に登録されていて、ある日突然自宅に知らない名前の人から手紙が届いた。不審に思いながら開けてみると、きれいな文字で、もしよかったらお手紙を交換しましょう、とあり、簡単な自己紹介が添えられていた。それが成瀬文香だった。

双方が携帯電話を持っている時代だったら、あるいはインターネットがもっと普及している時代だったら、そしてそれはほんの一、二年の差なのだが、文通などという方法を私も成瀬文香もとらなかっただろう。たとえきっかけが手紙だったとしても、すぐにそのやりとりは電話やメールに移行してしまったのではないか。私としては、この秘密の思い出がそんな絶妙なタイミングに恵まれたものであったこともぜひ強調しておきたい。実際、これだけ通信網が発達した今考えるに、文通などという方法でコミュニケーションが成立していたことじたい、奇跡みたいではないか。

私は自分にそんな手紙が届いたことも、その後成瀬文香と文通をはじめたことも、そのサークルの友人には言わなかった。

手紙を書いて、返事が来るまで五日とか、一週間。高校生の私にとっては長かったが、相手は仕事をしている社会人だから、多少間があくのは仕方がないことだと思っていた。手紙は私が学校に行っている日中に届く。私は、女性と文通していることが家族に知れるのを恐れ、封筒の差出人を成田文男という男性の名前にしてもらっていた。成瀬文香という名前はなんだか艶っぽく官能的で、その字面だけでお節介な母親の好奇心を刺激するに違いなかった。

度々手紙が来るこの成田文男くんというのは、バドミントン部の遠征先で知り合った北海道の高校生である。互いに激励や近況報告を交わしつつ、用具やトレーニング、その他技術的な情報交換のためにこうして手紙をやりとりしているのだ、と凝った嘘の説明まで母親にしていたが、今考えれば母親はそれが仮名で相手が女性であることに、気づいていたかもしれない。ふたつ下の妹が、お兄ちゃんまたラブレター来てるよ、と言って成田文男の手紙を私の部屋に持って来たこともあった。ちげーよブス、と慌てて手紙を奪い取ったのも過剰な反応だったかもしれない。

私と成瀬文香は、約半年の間に、二十往復ほどの手紙をやりとりした。そしてその内容は、はじめの一、二回をのぞけば、ほとんど性的な内容に終始していた。

十七歳の私は、その北海道の二十五歳の看護婦に、どんな下着を持っているか、胸はどんな大きさでどんな色形をしているか、今までどんな男と付き合って、どんないやらしいことをしたことがあるか、あなたは性欲が強い方か、SMプレイをしたことがあるか、あるならばどちら側でどんな感じだったか、と性的な想像の溢れるに任せて手紙を書いた。そして、バドミントンで鍛えた自分の腕や脚、腹筋や背筋の豊かであることをいくらか誇張気味に説明し、自分のおちんちんがどのくらいの大きさであるか、長さや幅を測り、これも多少誇張を加えた図まで描いて、北海道の成瀬文香のアパートに送ったのだった。成瀬文香もまた、私ほど直情的ではないにしろ、問いに応える形で自分の胸や尻、性器の形状、SMの経験はないがこんなふうなことならばあった、というような性体験などを手紙に書いてよこした。大人らしい節度と恥じらいを見せつつも、時に、千一くんのカラダが見てみたいナァ、などと扇情的な文言も混ぜ込んできた。

手紙を読むたびに、俺も変態だが、この人も変態だ、と私は比喩でなく心臓の鼓動が強く速くなるのを感じながら思った。ただこれは自分たちだけが特別なのではなく、他人目に触れぬとなれば、誰も彼もがきっと変態になるということなのだ。世の中の多くの人がきっとそうなのだ、と童貞だった私は冷静に考えつつも、大事にしまった手紙を取り出しては、家族に見つからぬよう夜な夜な眺めたものだった。

そんな変態的なやりとりを重ねる一方、名前に「文」の字を持つ女性と文通をするのは素敵だ、と私は詩的なことを書いたりもし、彼女もまたそれに応えるように、手紙にロマンチックな趣向を凝らした。ある時、彼女は手紙と一緒に薄い和紙で包んだポプリを同封してきた。

昔の人は恋文に香木を入れて、思いと一緒に香りも贈ったんだって。文香《ふみこう》っていうんだよ。そう、わたしの名前と同じ。

それから彼女は毎回、違う香りの文香を入れて手紙をくれた。だから彼女の手紙は封筒を開けるといつもいい香りがした。

そのように、私たちは、変態的かつ詩的で純情だった。変態にも、純情にも、自由自在に自分を振り切ることができた。手紙のなかでは。どんな極端なことを書いても、それが書かれて相手のもとに届くまでの時間と空間があれば許されるように思えたし、成瀬文香は私のどんな変態的な問いにも、どんなに青臭い感情にも、心を添わせてくれると信じていた。そんなことは、面と向かって相対しては絶対にできなかった。

だからこそと言うべきか、あるいはそんなことと関係ないごく自然な欲求なのかもしれないが、私は彼女の顔を見たいと思った。何度も彼女に写真を同封してくれと頼んだが、彼女はそれには応じなかった。一方私は、彼女の同じ求めに早々と応じ、自分が写った写真のなかでいちばんマシに見えそうなやつを選んで、それは修学旅行で友達と撮った写真だったので、いちばん右にいるのが僕です、などと書いて彼女に送った。千一くん、かっこいいね！　と返事が来た。

彼女が頑なに写真を送ってこないことで、私が微塵も疑念を抱かなかったと言えば嘘になる。もしかしたら彼女は、自分の空想しているのとは全然違う、ひどく醜い女なのではないか。聞き出した胸の大きさや体つきも、全部嘘なのではないか。自分も多少誇張はしたが。しかしこちらは正々堂々と写真を送っているのだ。

しかし、顔を知ってしまうことが、この秘密のやりとりの喜びを損なうかもしれないことも想像はできた。顔を知ってしまったら、詩的な彼女から変態性欲の彼女までを、私はこれまでのように自由に想像できるのだろうか。文香を同封する淑やかさから、会ったこともない男の性器の絵を平然と受け取る行為との間を、私の想像力はうまく埋めることができなくなるのではないか。私はそれを不安に思った。

純情の際から変態の際へ、女がどんなふうに変化するのか。私はそれを、彼女の顔を知らないからこそ、想像できたのではないか。私はすでに、成瀬文香のそれまで送ってきた手紙の文章を繰り返し読んで、何度も想像を繰り返したことで、彼女の体のあらゆる部分、あらゆる動きを思い描くことができた。ただし顔だけは見えなかった。仕事中、白衣で働く成瀬文香。アパートに帰り、部屋着に着替え、くつろぐ成瀬文香。その着替え途中に、何か瑣末な家事を思い出してそれを済ませる成瀬文香。テレビを観ながら、ハーブティーを飲む成瀬文香。成瀬文香は酒を飲まない。お笑い番組を観ている時、思わず大きな声で笑ってしまって、はっと隣近所を気にする成瀬文香。風呂に長く浸かる成瀬文香。長いときは二時間ほど、雑誌を読みながら湯に浸かる。眠る成瀬文香。高校生の頃、はじめて付き合った男の子と札幌のラブホテルに行ったことのある成瀬文香。そのホテルでお酒を飲み、煙草も吸った成瀬文香。職場の病院で男性器を見たり触ったりすることもある成瀬文香。私の聞き出した様々な彼女、その顔以外のありとあらゆる姿を、封筒から文香がふわっと溢れてくる瞬間の覚えとともに、私は想像できた。

　やりとりが途切れたのは唐突だった。いつもより返信の間が長い、と思ってから、五日待っても十日待っても手紙が来ない。その前に自分が送った手紙の内容を思い返して、なにか気を悪くするようなことを書いただろうかと何度も反芻したが、すでに何度も卑猥の限りを尽くしたような手紙を送っているのだ、今さらタブーなどないだろう。あるいは誤配や何かのトラブルで返信が届かないだけかもしれない、と郵便局に電話をしてみたりもした。成田文男の正体に気づいた家族が手紙を隠しているのではないかと疑って家中探してみたりもしたが、やはり手紙はなかった。返信の届かぬまま、続けてこちらから手紙を送ってもみたが、返事は来なかった。

　結局、それで半年にわたる私たちの文通は終わる。

　悶々としながら返事を待ち続けていた間、私はしかし北海道に飛んで彼女の住所を訪ねることまではしなかった。学校があったとか、北海道まで行く金がないとかの理由はあったが、手紙を待ちながらも私の彼女への熱は冷めはじめていたのではなかったか。その冷めていく、醒めていく感覚を、はっきり覚えているわけではないから、今からそれをこうだったと言い切るのは抵抗があるけれども、あんな文通は結局性欲の暴発であって、それを前提とした熱は恋愛とは呼べないものだったのではないか。

と、平凡と言ってしまえばそれまでだが、当時の自分にとってはおそらく精一杯の切実さを以てそんなふうに考えていた。

相手は社会人であり、他の男性との交際経験だってあり、会ったこともない遠い街に住む高校生の男子との文通などは、単なる暇つぶしに過ぎず、もう飽きただけかもしれない。はじめから、からかわれていただけなのかもしれない。それか、私の写真を見て、私に興味を失ったのかもしれない。あるいは札幌で新しい恋人ができたのかもしれない。

そういうふうに考える程度の理性が、私にもあった。いや、そう考えるような理性を取り戻してしまった。胸の大きさだの、尻の形だのを訊いて、応えてくれれば興奮するが、返答がなければ自分のスケベな問いかけがむなしく響くだけで、そうすれば興奮も急速に冷めていく。その冷めた事実から、これが本当の恋愛ではなかった証拠だ、などと思ってしまう。

そして十七歳の私は、あっさり高校のクラスメイトの女の子に気持ちが移ったりして、自分が成瀬文香に送った変態的な手紙を彼女が面白半分に他人に見せたりしないかどうか、こっちは顔写真まで送ってしまっている、と心配し、手紙はすべて捨ててくれるよう頼む手紙を書こうかどうか迷いはじめた頃、また知らない名前の人から郵便が届いた。新たなペンフレンドか、もう文通はこりごりなのだが、と思いながら見ると、その差出人の住所は成瀬文香の住所だった。はっとして、よく確かめると、それは間違いなく成瀬文香の筆跡であり、しかしそこに書かれている名前は聞いたことがない、そして明らかに男性の名前だった。

封を開けると、中から、中年の男性の写真が出てきた。証明写真のような、カメラに正対し、口を結び、くたびれたチェックのネルシャツを着て背筋を伸ばした、胸から上が写った写真。それから、名前と素性を偽っていたことを詫びる、ごく短い手紙が入っていた。

成瀬文香は男性だった。成瀬文香は看護婦ではなかった。

＊

新井田千一です。私ははじめて付き合ったクラスメイトの女の子とは結局三か月で別れてしまい、大学に入ってからも何人かの女の子と付き合った。そのうちでいちばん長く付き合ったのは大学二年の時に付き合いはじめて、卒業して就職したあとまで続いた絵里子で、その期間は偶然だけれどほとんど私がかたばみ荘に住んでいた時期と重なっていた。だから絵里子はかたばみ荘の私の部屋によく遊びに来た。

かたばみ荘は、建物の側面、つまり一階と二階の手前の部屋の側面を前の道に向けて建っていて、その壁に錆だらけの鉄の階段が架かっている。二階に住んでいた私は毎日その階段を使ったが、浮いた塗料が剝がれ、ところどころ鉄も朽ちて穴があいているところもある階段を、絵里子は怖がった。

階段を上がった先の二階の廊下には、簡単なトタンの庇があるが、灯りはないので夜は暗くて、街灯の灯りが少し届くのと、隣の土地に並んで立っている戸建ての家の灯りが漏れてくるから真っ暗ではなかったが、たとえば廊下の奥とか、ドアの前に置いてある洗濯機の陰とかに誰か隠れていたら怖い、と絵里子は言った。

そんな奴がいたら私だって怖いが、大丈夫だよ、と言ってみたり、わっ、と後ろから大声を出して驚かせ、はははと笑いながら抱きしめてみたり、大学生になった私は、そんなふうなこともできるようになっていた。思い返せば恥ずかしくて馬鹿みたいだが、私も絵里子もそれで楽しかったのだからまあいいじゃないですか。

ふたりの靴だけでいっぱいになる狭い靴脱場の右手が流し台で、台所に敷かれたビニールの床には、オレンジ色の花のような絵柄が並び、ところどころ色が薄れて白くなっていた。少なくとも先輩の代から変わっていないからそれなりに汚れてもいて、毎日いれば階段の穴も床の汚れも気にならないが、絵里子ははじめて私の部屋に来た時、ここまでおんぼろとは思わなかった、とげんなりしていた。

台所と板の間の間は元々襖か引き戸で仕切られていたらしく、溝の入った敷居があったが、私が住みはじめた時には戸はすでになく、台所と板の間はそのままつながっていた。板の間には入居時に安い絨毯を買って敷いていた。隙間風が入るので冬場は冷え、暖房機もついていたがあまり効かなかった。玄関が南側にあり、部屋の奥には北向きの窓があった。窓側の隣には古い民家があったが、庭が広くて家屋がそこまでこちらの建物に迫っていなかったので、北向きでもいくらか日は入った。窓から真下を見下ろすと、隣の敷地との境に小さな雑草がいつも密集して生えていた。

前の道に面した東側にもひとまわり小さい窓があり、開けると外は鉄階段と前の道が、そして道を挟んだ向かいの家とその向こうに空も見えた。私はその窓の下にベッドを置いていた。ベッドに寝ている自分の横の壁の向こう、寝ながら見える窓の向こうに空間が広がっていて空がある、住んでいるうちにその空までが部屋の一部であるように自然と意識されるようになって、何か気になることや気がかりがあると、私はその窓の向こうに逃がしたり、飛ばしたりしていた。なにか、気のようなもの。運気とか邪気とかではない、ただの空気か、過去か未来への問いかけのようなつもりで。

鉄の階段の下、一階手前の部屋の壁のところに四部屋分の郵便受けがあり、学生の頃、授業もバイトもない日の昼間に、ベッドでぼんやり横になっていたりすると、バイクの音がして郵便配達の人が誰かのポストに何かを入れることとん、という音が、壁を伝わってか、それとも窓を通してか、聞こえた。この部屋の真下、壁の向こうに郵便受けがある一階の手前の部屋ならば、その音はもっとよく聞こえたかもしれないし、案外そうでもないかもしれない。一階の手前の部屋に住んでいた斉木さんというおじさんは耳が遠かった。

とにかく室内にいればどの部屋の物音も聞こえてくるから、壁や床は薄いに違いなかったけれど、なにか構造上の特性が影響しているのか、このアパートでは離れた部屋の物音が隣の部屋よりよく聞こえたり、何の音だかわからない音がどこからか聞こえたりもして不思議だった。ともかく郵便物が投函される音ならば、それは誰かがいさえすればひっきりなしに聞こえてくる足音や物音、水道の音やトイレや風呂の音と同じ、取るに足らない生活音だったはずだけれど、それだけがやけに私の耳についたのは、もちろんそれが成瀬文香のことを思い出させるからだった。

高校二年の半年ほどの間、繰り返し想像した顔の見えない成瀬文香の姿は、最後の手紙に同封されていた男の写真よりもずっと強く私のなかに残っていた。もちろん、その姿をもつ人物、成瀬文香という人は実際にはいなかったのだが、自分の人生の一時期を、離れた場所で、たしかに共有していた人のように思えてしまうのだった。

詳しいことは何も書かれていなかったから間違っているかもしれないが、成瀬文香を名乗っていた人は、同性愛者ではなく、おそらく戸籍上と身体だけが男性のかたちをした、女性だった。手紙を介して何度も交わしたやりとりで、彼女が女性であるという実感を私は持っていた。それは彼女が自らについて書いた言葉からそう思ったのかもしれなかったし、私に向けて書いた言葉からそう思ったのかもしれない。何に基いて、と突き詰めたらよくわからなくなる。でも私は自分が、自分を男性として見ている女性とやりとりをしていると疑わなかったし、それは彼女の素性を知らなかったから疑わなかったというものでもなく、やりとりのなかに伴う実感の話だ。実感を疑いはじめたら、何も残らないじゃないか。それがなかったら、いくら私が繰り返し想像していたとしても、最後の手紙にあった彼女の告白で、私のなかの成瀬文香は簡単に抹消されてしまったはずじゃないか。

彼女が最後に送ってきた写真こそ嘘だと私は思った。男性であるという告白が嘘だと言うのではなく、ふだん彼女がどんな格好でどんなふうに過ごしているのか知らないが、あれは彼女の本当の自己像ではないはずで、その装いも飾りもすべて剝がした姿を、敢えて彼女は私に送りつけてきたのではないか。彼女に胸の大きさや、性体験を訊きたてた私は残酷だったろうか。そうだったかもしれないし、けれど、おそらくほとんどが嘘であったとしても、その彼女が書いた嘘を纏った姿の方が、彼女にとっては自分が思い描く本当の自分だったのかもしれず、そんなものは嘘も本当もないと言えばそれまでで、本当なんて思い込みに過ぎないが、そうやって私と彼女が感じていた本当らしさが、私の実感や、あの手紙のやりとりをしている間きっとたしかに私が感じていた恋愛の幸福、その後あっさり冷めてしまったけれどたしかにあったと今も信じられる嘘ではない恋愛の感触を、支えてくれているのではないか。

しかしこのようにはっきりしないことを言葉にして説明してしまえば、やっぱりどんどん嘘くさくなる。語れば語るほど、理屈らしくなって、理屈らしくなればなるほど、理屈で反論するのが簡単になって、本当らしさが削がれていく。だから、あんまりしゃべりたくないんだけど、しゃべらないわけにいかない。

かたばみ荘のベッドで寝ていたのはいつも私ひとりだったわけでなく、絵里子が一緒にいた時ももちろんあって、郵便配達の音が聞こえて、私が何の気なしに、あ、郵便きた、と言うと、絵里子は何も言わなかったけれど、私の見ている隣に寝ている絵里子に、成瀬文香の姿が重なる。いや、肉感的だった成瀬文香の体は、小さくて華奢だった絵里子の姿とはうまく重ならなくて、むしろ想像の成瀬文香が実在している絵里子を一瞬、圧倒しそうにもなった。すると絵里子に対する罪悪感がわいた。けれどもそれはすぐに、成瀬文香への、また種類の違った罪悪感にも移っていく。

そういう時だ、窓の外にそれらを逃がす。飛ばす。

結局絵里子には、成瀬文香の話はできないままだった。絵里子は私よりものをよく知っていて、頭もよく、何を話しても要領よく明晰に話すことができた。私の回りくどい話し方を絵里子は嫌いでないと言ってくれて、話が長い、要するに本題は何なの、と笑って言いながらも、延々続く私の話をいやがらずに聞いてくれた。けれど、成瀬文香の話は、どこからどう話せばそこに行き着くのかわからず、何度か話しはじめてはみたものの、話は成瀬文香の存在をすり抜けるようにかわして、別の話になってしまった。

手紙が途切れる前、自分の写真の代わりのつもりだったのか、成瀬文香は自分が撮ったという札幌の写真を手紙に同封してきたことがあった。どこかの公園か、広場のような、緑の多い遠景だった。遠くには空だけが見えていて、建物はない。休みの日に時々行く、静かで落ち着く場所です、みたいなことが書いてあった。どういうことのない写真だったが、当時の私は休みの日に緑のなかで心を休める成瀬文香を想像した。それは二十五年という時間を生き、毎日毎週毎月を、絶え間なく生きるひとりの人間だった。私は彼女の絶え間ない存在の仕方を見ていないし知らないが、そういう人として想像することができた。

そしてもう長いこと連絡をとらなくなった小学校や中学校の頃の友達が、今も世界のどこかでたぶん生きているであろうというのと同じ程度の存在感で、成瀬文香はその後も存在し続けた。十七歳だった私が大学生になって、かたばみ荘のベッドで寝転がっている間も成瀬文香は存在した。成瀬文香はその時もう三十を過ぎていた。成瀬文香はその後結婚して、旦那を相手にあの旺盛で変態的な性欲を発揮しているかもしれなかった。私は成瀬文香のことを想像する時、彼女が実在しないことを、慎重に、入念に確認しなければならなかった。最後の手紙を思い出せばそれで済むというものではなく、半年の間のやりとりと、はじめて手紙が来た時のことまで遡り、順を追って確認しなければ、その不在を簡単には信じられなかった。

かたばみ荘で寝転んでいる私が、郵便受けの音に誘われて、高校時代の自分の愚かな恥ずかしい、そして激しい欲情を思い出し、実在しない成瀬文香を想像して股間に手をやるとか、隣に眠っていた絵里子の体に手を伸ばすとかしたこともきっとあった。いや、たしかにあった、覚えている。そしてそれからさらに十年経った今、私は三十五を過ぎて、成瀬文香は四十を過ぎている。

私は絵里子と別れたあとは恋人と呼べるような相手はひとりもいなくて、絵里子の近況は大学時代の友人を通じて耳にすることはあるが、直接連絡はとっていない。絵里子は頭がよくて、勘もよかったから、私が何かを隠しているみたいに、うまく言えなかった何かがあることには気づいていたのかもしれない。

*

新井田千一です。私は大学を卒業したあと目黒にある小さな商社に入って働きはじめた。給料は安かったし、通勤もそこまで不便ではなかったので、そのままかたばみ荘に住み続けていたが、入社して三年め、二〇〇五年の秋にもう少し職場に近いところに越そうと思って、となると新しい住まいとともに、自分の次に二階手前の部屋に住む人間を探さないといけなくなった。

いくら格安とはいえ、勤め先の同僚や取引先の知り合いに紹介できるような物件でもないので、ぎりぎりまだ顔見知りの残っていそうな大学のサークルの後輩にあたってみた。何日かして後輩から連絡がきて、うちのサークルじゃないんですけど、ひとり住みたいって言ってる奴がいます、と紹介されたのが片川三郎だった。

連絡をとって、週末に一度部屋を見に来てもらった。取り次いでくれた後輩も一緒についてきてくれて、現れた片川三郎はやせた背の高い男だったが、そんなことより長い髪の毛が腰のあたりまで垂れているのにまず目がいった。気持ち悪い奴が来たと思った。

後輩は、まあこんななりですけどまじめな気のいい人らしいので、と言った。今二年生で、バンドやってるそうです。一浪してるんだっけ？

はい。なんで今二十一歳です。

実家はどこ？

名古屋の方っす。

片川三郎は音楽サークルに所属しているが、活動はサークルだけに留まらず、学外で組んだバンドでライブハウスに出演したり、自主制作のＣＤをつくったりと活発に活動しているのだという。

へえ、ギター？

いや、ベースです。

片川三郎は、部屋や建物はあまりちゃんと見ようとせず、玄関を開けてなかをのぞくと、それだけで、あー全然いいですここで、と言った。どうやらとにかく家賃が安ければあとはどうでもいいらしく、敷金礼金なしなんですよね、管理費とかもなしで、三万円ぽっきりで。と、あらためて確かめてくるのでそれで間違いないと応えると、髪で目元はほとんど見えないがにっこりして、安いなあ、と嬉しそうに笑った。

誰か死んだりしたんですか、と言いながら煙草を取り出して火を点けた。

いや、そういう話は聞いたことないよ、お化けも出たことないし、と応えて、私は自分では吸わないから滅多に使わない灰皿を台所の下の棚から出した。台所の下の棚の戸は、開けるといつも蝶番《ちょうつがい》が激しく音をたてた。見ての通りぼろで、こうやって不動産屋通さないから安いんだね。

保険とかどうなってんすか。

さあ。

地震とか、火事とか。

そういうの気にする？　保険とか。

いや、特に。

地震があったら崩れるし、火事になったら燃えるだろうね。すぐ逃げた方がいいよ。

それで二〇〇五年の秋の晴れた日に、私はかたばみ荘から馬込《まごめ》のマンションに引っ越した。翌日、新居の片付けもそこそこにかたばみ荘までやって来て、片川三郎に鍵をわたし、四年半住んだ二階手前の部屋を彼に引き渡した。ついでに他の部屋に挨拶にまわった。他の部屋の住人とは日頃そこまで付き合いがなかったが、それでもお互いにお互いの物音を聞きながら暮らしていると、それで何かやりとりしているような親しみがわきもして、片川の紹介とともに自分の退去を伝えると、ここを離れる寂しさもじわじわこみ上げてきた。

大家の奥さんははじめだけ立ち会っていたが、契約書を受け取るとあとはじゃあそっちでやってください、何かあったら連絡してください、と言って早々に帰っていった。この日はじめて大家に会った片川三郎はやはり長い髪を束ねもせずに腰まで垂らしていたが、大家はそんな外見はまったく気にしていないようだった。簡単でいいっすね、と片川三郎は言った。不動産屋行くと、僕こんななりなんで、保証人とかなんとかうるさく言われるんですよ。

片川の友達だという男の子が、どこかで借りたという軽トラに荷物を積んで一緒に来ていた。ついでなので荷物を入れるのを手伝おうかと言ったが、たいした量はないので大丈夫だと言う。事前に、冷蔵庫と食器棚は欲しければ置いていくし、いらなければ捨てるし、と訊くと、くれるもんは全部ください、と言ったのでそれはそのまま置いてあった。玄関の外の洗濯機もそのまま置いていく。冷蔵庫と洗濯機は先輩も使っていたやつだから、片川三郎は三代目のオーナーということになる。もしかしたらさらに先代からの品かもしれない。

じゃ、何かわからないこととかあったら大家さんに訊けばいいし、俺に連絡くれてもいいから、と連絡先をわたすと、ありがとうございます、と片川三郎は言って、肩に下げていたバッグから、自分たちのバンドのCDを出して一枚くれた。

ありがとう。

新井田さんは楽器とかはやんないですか?

いや全然できない。ここ、壁薄いから、あんまりでかい音で音楽かけたり、楽器弾いたりしたら迷惑かもしれないよ。

わかりました。俺あんまり家では練習しないんで、大丈夫です。

じゃあ。

どうも。

それで私は、東長崎の駅まで歩いた。寒くもなく、暑くもなく、気持ちのいい天気の日だった。毎日歩いた駅までの道を、もうそうそう通ることもなくなるのだからと思い、ゆっくり眺めながら歩いた。今日の景色を記憶に留めておこうと思ったが、あらためて見ても特徴のない戸建ての家が並ぶばかりの道だった。昔はもっと商店の並ぶ通りだったのだろうが、今は築浅の住宅の合間に古い構えの店がごくわずかに点在するだけで、私が住んでいる間にも、駅の前や駅のそばの商店街も古い店が閉まって新しいチェーン店がだいぶ進出してきた。私もふだんは結局駅の横にあるスーパー西友とか、コンビニを利用することが多かった。仕事をはじめてからはいつも帰りが遅かったから、他に開いている店がなかったとはいえ、学生だった頃や、休みの日に、もう少し商店街の八百屋とか、肉屋とかで買い物をすればよかった。工事中の駅舎や駅前ができあがったら、もっと景色が変わって、古くからの店や建物は減ってしまうかもしれない。一年ほど前に別れた絵里子がかたばみ荘に来ていた頃に、部屋で料理をして食べるものを、一緒に商店街で買い物をしたことがあって、川崎の団地で育った絵里子が、こういう商店街がある街っていいなあ、と羨ましがっていたのを思い出した。

そのように感傷的な気持ちで眺めた街の景色は、片川三郎とその街が結び付いた日のものでもあった。その日私と片川三郎は、ごくわずかな、淡白な会話しか交わさなかったけれど、私は、部屋とともにこの街での暮らしも彼に引き継いでもらうみたいな気持ちになっていた。私たちの部屋と、この街で脈々と続く、私たちの生活、というように。

と、ここで記憶のなかの街の景色が、その秋の引っ越しの日から五年後、久しぶりにその街を訪れた夏の暑い日の道行きにするりと入れ替わる。さあ、ようやく片川三郎が失踪しますよ。

＊

新井田千一です。私はかたばみ荘を出て馬込に引っ越し、そこに二年ほど住んだあと、池尻大橋に引っ越していた。仕事は変わらず、大学を出て入った会社に七年勤めていて、少しだけれど給料も上がった。かたばみ荘の名前も、あの二階手前の部屋の、床の沈む感触や壁のきしむ音も、ほとんど思い出さなくなった頃、会社にかたばみ荘の大家のおばさんから電話がかかってきた。

しかし名前を聞いてもすぐには誰だかわからない。こっちは取引先とか仕事関係の電話だと思っているので、マンダです、カタバミソウのオオヤです、といきなり言われてもそれがかつての自分の住まいと結び付かず、メーラーのアドレス帳を検索してみたりしていた。

すいません失礼ですがどちらの……、と何度か訊き返した末にようやく、ああ大家さんですか、とわかって、お元気ですか、などと懐かしんでいると、片川さんがね、とまたこちらのピンと来ない名前を出してくる。カタガワって誰だっけと思っていると、行方不明なんですよお、とおばさんは言うのだった。

これも何度か訊き返しているうちに、ああ自分のあとにあの部屋に住んだ髪の長いバンドマンだ、と気づいて、彼、まだそこに住んでたんですね、と私は言った。指を折って計算してみると、彼に部屋を明け渡してから五年が経とうとしていた。

大家の話では、片川三郎はここ半月ほど部屋に帰ってこず、全然連絡もつかないと言う。先月末の家賃も振り込まれていない。多少遅れたりすることはあっても、これまで家賃の滞納はなかったし、こんなに長いこと何も言わずに留守にするようなこともなかった。新井田さんもよくご存知でしょうが、とおばさんはいくぶん横柄な感じを出して言った。滞納するような額じゃないでしょう、うちの家賃は。

まあそうですね。

片川三郎は職場にも顔を出しておらず、無断欠勤が続くのを心配した会社の人間が昨日アパートに様子を見に来て、失踪が発覚したのだという。

私は、そりゃ心配ですね、と言いながら、そうか彼はバンドをやめて会社員になったんだな、と思った。何の会社か知らないが、それならあの長い髪は切ってしまったのだろうか、それにしても五年か、時間の流れるのは早い、とあれこれ思いつつも、すいませんが彼は大学の後輩の後輩で僕と直接の付き合いはなかったもんですから、と私は言った。部屋を明け渡してからこっち一度も会ったことはなくて、連絡をとることもなかったんですよ。

ああ、そうですか、とおばさんは、がっかりするでもなくしっかりした声で言った。声が大きくて、やけに発音がはっきりしているのは、耳が遠くなっているからかもしれない。住んでいた頃たぶん六十を越えていたから、もう七十近くなっているだろうか。

なので、ちょっと僕では全然、お力になれないと思います、と私は言って、万田夫人は、ええ、ええ、と応えていたが、ただ、部屋がね、と言うのだった。片川さんも心配なんですが、このままどっか行っちゃうとなると、部屋が空いちゃうもんですから。

ああ、はい、そうですね。

それで困っちゃって。

なるほど。

新井田さん、また住みませんか。

私は驚いて、いや僕は、と言ったきり言葉に詰まった。

仕事場は変わっていないようだし、ここからも通えるでしょう。前も通ってたんだから。

そもそも部屋の引き継ぎを住人任せにしたりしている時点で、ちょっと変わった大家ではあるのだが、つまりあんたの紹介した住人のせいで困っているのでどうにかしてくれないか、という話らしかった。突然の電話で何やら不穏な失踪事件を知らされたと思ったら、やや脅しめいた提案までされて、私はなんだか不条理な夢を見ているような気分になった。

住宅の賃貸契約のことには詳しくなかったが、こういったおかしな事態にならないように、あるいはトラブルがあった場合の対応を代替してもらうために不動産業者の仲介業務があるのであって、おそらく長年不動産屋との付き合いがない大家夫婦は、片川の失踪で実はかなり困っているのかもしれない。そして、そのリスク負担は当然住人側にも発生しうるものであり、つまり私も無関係ではないのかもしれない。しかしさすがに、五年前に退去した私のところに連絡をよこして何をどうしろと言うのか。契約書に、後継の住人のトラブルについては紹介者である前住人が責任を負うこと、みたいな特約事項でもあったのだろうか。だとしたら面倒だ。契約書なんかろくに見なかったし、内容など何も覚えていない。常識的に考えにくいが、そもそもが常識外れの物件だ。大家が常識外れであっても何もおかしくない。と言うか、まさに今、常識外れな連絡を受けているのだ。

その後、嚙み合わない会話を続けるなかで、万田夫人は契約がどうこうということこそ口にしなかったが、ただただ部屋が空いてしまったら困るのでどうにかしてほしい、と繰り返して引き下がろうとしなかった。実家の両親や会社側とも相談し、まだ警察などへの届けは出していないという。そんなこと知るか、関係ない、と電話を切ってしまうことも考えたが、話しているうちに彼女が少し気の毒になってきた。あんな安い家賃で住めたのは、その賃料を支える住人紹介システムがあってのことだ。どうして頑なにその方式を守り、不動産屋の仲介を嫌っているのか知らないが、住んだ者にとっては家賃が安いのはただただありがたいことだった。その家賃を維持するシステムを揺るがすような問題を、自分の紹介した住人が起こしたとなればたしかに責任を感じなくもない。紹介した住人のトラブルに際してこのように五年前の住人にまでちゃんと連絡がくることは、かたばみ荘の住人から住人へのリレーがいかに重大なものであるかを表してもいる。あの部屋は、私たちの部屋なのだ。

それに、ほとんど関わりがなかったとは言え、行方不明とあらば片川三郎のことも心配だし気にはなる。私は自分の手で、片川を私たちの部屋に引き入れたのだ。言わば親類のようなものだ、と万田夫人と話しているうちに、あの部屋にあった妙な連帯意識が戻ってきたのも事実で、じゃあちょっとやれることをやってみますから、と言って私はひとまず電話を切った。よろしくお願いしますよ、と万田夫人は言った。

知りうる限りの大学時代の知り合いに連絡をとって、片川三郎が行方不明だ、と言ってみたが、彼の現況を知る者は誰もいなかった。代わりに片川を私に引き合わせた後輩から教えてもらったのは、片川が大学二年の時、つまりかたばみ荘に越してきてから間もなく大学をやめたこと、彼の組んでいたバンドはその後も活動を継続し、インディーレーベルから何枚かＣＤを出したらしいということだった。

あ、それ俺もらったな、そのＣＤ、と私は引っ越しの日に片川からＣＤをもらったことを思い出した。結局一度も聴かなかったと思う。今どこにあるかもわからない。捨てたかもしれない。

それはたぶんまだ大学にいた頃の、自主制作のやつで、それじゃなくてちゃんと全国流通した、レコード屋とかにも売ってるやつです、と後輩は言った。

へえ、すごいな。

だが結局バンドはその後人気が出たりすることはなく、今では活動休止状態らしい。ホームページがあるそうなので見てみたら、ひと昔前の手作り感のあるデザインのページが出てきて、もう何年も更新された様子がなかった。四人の男が楽器を持って並んだ写真のなかに、やっぱり腰のあたりまで髪の毛を垂らしている片川三郎がいた。Sub-low（Bass）とあるのでそれがバンドでの彼の名義らしい。なかなか格好いい。私は、自分とつながりがあり、住まいを紹介した人間が、どの程度の規模かは知らないがこうして世の中に名の通る活動をしていることを、誇らしく思った。ただ、まさにその彼の起こした面倒に今巻き込まれているのでもあって、こんなページを見ていても何も解決しないだろうに、と思いつつもページをあちこち開いてみた。

　ホームページにはディスコグラフィーと曲名は記載があったが、音源が聴けるようなつくりにはなっておらず、私はCDラックや押入にしまった段ボール箱を引っ張り出して、あの日片川三郎にもらったCDを探してもみたが、やっぱり見つからなかった。ネット上で音源や動画を探してみても見つからなかった。バンドの曲を聴いたところで片川三郎の失踪について情報が得られるわけではなかったが、見つからないと無性に聴きたくなってきた。

　他の三人のバンドメンバーの名前をネットで検索してみると、ドラムのTam-luxという人のホームページを見つけた。これまた簡素なつくりのページだったがちゃんと情報更新などはされており、それによれば、タムラックス氏は今はひとりで活動し、いろんなバンドやコンサートのサポートなどをしているらしい。メールフォームがあったので、片川三郎（Sub-low）くんが行方不明で困っている。自分は片川くんの大学時代の知り合いで、もし連絡先や居場所をご存知なら教えてほしい、というような内容のメールをだめもとで出してみた。

　するとその晩のうちにタムラックスから迅速な返信があり、三郎とはここ一、二年会っておらず、連絡もとっていない。先ほど自分の知っている彼の電話番号に電話をかけてみたが、番号が変わったらしくつながらず、メールも送ってみたがこれも戻ってきてしまった、とのことだった。内容の不発はともかく、素早い返信とそつなく行き届いた対応に、仕事で取引先の優秀な担当者に抱くような好印象を持った。

それで翌日、メールに記載されていた電話番号にお礼かたがた電話をかけてみたら、タムラックスは人がいいのか暇なのか、事態の詳細を知りたがり、私は私で話しはじめるとどんどん長く、仔細になっていく悪いくせで、思わぬ長電話になった。タムラックスも聞き上手なところがあるようで、私は、かたばみ荘の独特な住人紹介システムのことから、片川三郎に部屋を明け渡した日のこと、二階手前の部屋及びアパート全体のぼろさ具合や、郵便受けに落ちる手紙の音、そしてこれまで誰にも話したことのなかった成瀬文香の話までしてしまって、いったいどうしてそんな話を、はじめて話す人にしてしまったのか自分でも不思議だった。なんだかあなたには何でも話せそうな気がしてしまうなあ。

いやあ、新井田さんの話すのが上手だからですよ。

いやいや、いつもお前は話が長いって呆れられたり怒られたりしてばっかりで。

タムラックスは、三郎くんも心配だし、近々そのアパートに一緒に行ってみましょう、と言うのだった。新井田さんの話聞いてたら、ちょっと見てみたくもなったし。

私は片川三郎のために当地に出かけるつもりまではなかったのだが、やけに意気投合したタムラックスに乗せられて、では次の週末に、と約束をした。

＊

新井田千一です。私はかたばみ荘に住んでいた頃は西武線ばかり使っていたから、東長崎に行くのに他の路線を使う発想がなかった。しかしタムラックスは春日に住んでいて大江戸線で来るというので、西武線の東長崎駅でなく大江戸線の落合南長崎駅で待ち合わせの約束をした。今住んでいる池尻大橋からだと、大江戸線でも行ける、と言うか、むしろその方が早そうだ、と思いながら久しぶりにかつて住んでいた街に向かったが、地下鉄で向かうと全然自分の住んでいた街に行く感じがしない。やはり子どもの頃からそこで育ち、実家を出たあともかたばみ荘にいた二十五の時までずっと西武線の沿線にいたという意識は、こういった時に反照的に自覚されるもので、五年前にこの街を離れて馬込に引っ越したのは、ただの引っ越しではなく、自分が西武線の沿線から離れるということでもあったのだ、そんなことを考えながら、地下鉄の駅を上がって行き、出口を出ると、サングラスをかけたタンクトップ姿のタムラックスが、強い日射しの注ぐ目白通りに立っていた。

あ、新井田さんですか、どうも田村です、と人なつこい笑顔で握手を求めてきたタムラックスは、ホームページの写真よりもいくらか太っていた。側頭部はきれいに剃り上げ、上だけ長く伸ばした髪を後ろで束ねていた。広い額が汗で光っていた。私の方もTシャツに短パンという格好で、通りの歩道には日陰がなく、駅から出てきて立っているだけで、すぐに顔や背中に汗が噴き出てきた。

暑いですねえ。

ねえ、暑いですねえ。

これ、一応、こんな格好でなんですが、と私が会社の名刺をわたすと、タムラックスは、あ、これはこれは、と恐縮の体で受け取り、自分も肩にかけていた麻のバッグから名刺を出して私にくれた。名刺には、ミュージシャン（ドラム）という肩書きと、田村光雄という本名らしき名前があった。

ミュージシャンの方の名刺なんて、はじめてもらいました。

いや、ほとんど必要ないんですけどね。たまに音楽教室で教えたり、学校とか養護施設で演奏したりすることもやってて、時々名刺が必要なことがあるんですよ。いや、今日名刺持っててよかった。

ふたりは目白通りの歩道を歩きはじめた。タムラックスこと田村光雄は、片川三郎と同じ大学の同じサークルにいたのだという。つまり私から見れば、片川三郎同様、大学の後輩ということになるのだった。年は三郎よりふたつ上で、ということは私とふたつ違いで、じゃあ今……。

二十七です、もうすぐ八。

二年で中退したという三郎と違い、田村はバンド活動を続けながらも大学に通い、一年留年したもののちゃんと卒業した。卒業後はアルバイトをしながら三郎らとのバンドを続け、並行してプロのドラマーとしての仕事も少しずつ増えて、なんとか音楽の仕事で食っているという。

だめだ暑い、ちょっとコンビニ寄っていいですか、と田村は言って、通り沿いの店に入ると、缶ビールを二本買って出てきた。どうぞ一本、と言うので受け取って、なんとなく乾杯をして、ビールを飲みながらかたばみ荘まで歩いた。

戦前戦後の日本に、欧米から到来した音楽。そこにはこの島国にとって未知のリズムや旋律、楽器や奏法があった。それらがもたらした驚きと違和、あるいは遥かな懐かしさを伴いながら受容された歴史が、日本独特の歌謡曲やポップスを生んだ源流である。そのファースト・インパクトの二十一世紀的再発見！　現代日本で電気と西洋楽器を用いて音を鳴らすことへの強烈な自覚のもと、ここからアンチ・オルタナティブというジャパニーズ・ロックのネクスト・ステージが始動する！

と、これが前日職場のプリンターで私が印刷してきた、片川と田村がやっていたバンド、ザ・バーバリアンズの紹介文で、わー、懐かしいなあ、と田村はその紙を見ていた。最初のCDをインディーレーベルから出した時に、レコ屋の店員が書いてくれた煽り文句を、無断でホームページに転載したやつです、と田村は笑って言い、紹介文とともに載っていたバンドの写真を見て、やせてるなあ俺、と恥ずかしそうな顔をした。

ザ・バーバリアンズは、ふたりの他にキーボードの馬場弟、それから担当楽器は決まっていないがその時々でいろんな楽器を演奏したり歌を歌ったりもする馬場兄の四人で構成されていた。バンド名の由来でもあるこの馬場兄弟は田村たちと同じ大学ではなく、両親がともに音楽教師という家庭に育ち、弟は音大のピアノ科に学んだ。一方兄の方は音大の付属高校を中退して海外を放浪した経歴の持ち主で、ピアノやギターをはじめ民族楽器から電子楽器まで手広く操るマルチプレイヤーで、この馬場兄弟の対照的な音楽性がバンドの核だったという。ライブで評判を集めてCDなども出したが、次第にメンバーそれぞれの志向がばらばらになってきてバンドとしての方向性を見失う。

兄貴がシタールにはまってインドの誰だかっていう師匠のところにたびたび行くようになった頃から、バンドとしてはおかしくなってきたんです。シタールもいいんだけど、全部シタールになっちゃうとさ、ちょっとオリエンタルに寄り過ぎちゃって、バンドでやる意味がわかんなくなってくるし、だけど兄貴は兄貴でどんどんストイックになってくし、それで弟が怒っちゃって。

田村が言うには、まあ似たようなコンセプトのバンドはあの頃結構いて、どこも程度の差はあれど似たような感じで解散したり、メンバーが入れ替わって全然違う感じに方向転換したりしたよね、とのことだが私にはその界隈の事情はわからない。へえ、と相槌を打ちながら聴いていたが、ますますそのバーバリアンズの曲が聴いてみたくなった。そう言うと田村はよろこんで、しかしインディーレーベルで出したCDも今は入手が難しいらしい。

今は持ってないけど、うちにあるから今度聴かせますよ、と田村は言った。

片川三郎はあの見かけによらず、その馬場兄とかに比べればオーソドックスなプレイスタイルのベーシストだった、と田村は言った。あんなミクスチャーなバンドだったけど、俺とさぶちゃんはロックの匂いを残した演奏をした、っていうか馬場兄弟みたいに極端な環境で音楽を勉強してないからね、どうやったって十代の頃から聴いてたロックとかポップスの影響が出ちゃうんです。でも、手前味噌ですがライブハウスとかで客がちゃんとのれるのはそういう大衆的な要素が残ってたからでもあって、馬場兄弟ふたりでステージに出てこられても、やっぱりちょっと前衛過ぎちゃうし。ま、結局解散というか自然消滅しちゃったんだから、何がよかったのか悪かったのかはわからないですけどね。馬場兄弟は、弟の方は今は正道に戻って、たぶんピアノを弾いたり教えたりしてるんじゃないかな。食いっぱぐれないくらい知識も技術もある奴だから。バンドにいた頃も、ちゃんとクラシックの方も続けてたし。兄貴の方は知らない。インドで出家したりしてるかもしれない。別に、そんなに揉めたわけじゃないけど、どちらとも連絡はとってないです、全然。

目白通りから住宅街に入りしばらく歩くと、以前と変わらないかたばみ荘が現れた。

錆びがいっそうひどくなった気がするが、相変わらず特に補強や修繕はされていなさそうな鉄階段を上り、懐かしい二階手前の部屋をノックしてみたが、やはり返事はなかった。ドアの横には私の置いていった洗濯機がまだあった。また階段を降りて、階段の下の郵便受けを見てみた。当時の自分が使っていた二階手前の部屋、つまり二号室の郵便受けを開けて、なかの紙類を確認してみたが、ピザ屋だの寿司屋だののチラシばかりで、片川三郎宛の郵便物は何もなかった。隣の敷地との間でいつも密集していた雑草が、黄色い花をたくさん咲かせていて、そうだ、夏はいつもこうして黄色い花が咲くのだった、と当座のところどうでもよいことを思い出した。

と、頭上から、何してんの、と声がして、階段の手すりから中年の男が顔を出して下をのぞいていた。だめだよ、人んちのポスト勝手に開けたら。

髪をぺったりとなでつけたオールバックに、サングラスをして、水色のアロハシャツを着ていた。ひと目見てわかる柄の悪さを的確に打ち出した男は、すたんすたん高い音を立てながら階段を降りてきて、誰？　あんたたち、と私と田村の前に立って言った。足元はネズミ色のスラックスに雪駄という隙のないチンピラルックで、今時こんな格好のチンピラがいるのか、コスプレみたいじゃないか、と私が落ち着いて考えていられたのは隣にけんかの強そうな田村がいたからなのと、そのチンピラの口調や表情が、どちらかと言うと怒っているのではなくおどけた調子の印象だったからだ。

私が住んでいた頃は、こんな人は住んでいなかった。この五年の間に新しく入った人だろう。男はさっき私たちが開けた隣の郵便受けを開けて、そこは四号室つまり二階の奥の部屋の郵便受けで、二階奥の住人らしい。以前その部屋にはやはり中年の男性が住んでいて、いつも帰りが深夜か朝方の、夜の商売の人だった。

二階の手前の部屋の、と私は言った。片川三郎くんの知り合いなんですけど。

ああ、友達なの、と男は郵便受けから取り出したチラシをざっと確認すると、他の部屋の郵便受けに放り込んだ。で？

行方不明らしいんですよ。それで様子見に来たんですけど。

そうなんだ、心配だね、と言って男は郵便受けの横に停めてあった自転車のスタンドを蹴り上げた。しかし缶ビール片手に来られてもなあ、真剣味に欠けるよな。男はそう言って私たちが持っていた缶ビールを指さしながら笑った。私たちもつられてへへへと笑っていると、男は自転車を前の道に出して跨がった。

なんかご存知じゃないですよね？　片川くんのこと。

知らないねー。そう言うと、男は耳障りな音をたてる自転車をこいで、どこかへ行ってしまった。

＊

新井田千一です。私は気乗りしなかったが、田村と一緒に大家の万田さん夫婦の家を訪ねると奥さんが出てきて、この間の電話と同じでとにかくどうにかしてほしい、片川さんがこれ以上住む気がないのであれば早く次の住人を探したい、と繰り返すばかりだったので適当にあしらって早々に引き上げてきた。

当たり前だが、五年ぶりに顔を見た大家さんの奥さんも、最後に少し顔を出した旦那さんも、以前より年をとっていた。奥さんは私だけでなく田村にもあの部屋に住まないかと持ちかけたが、田村は丁重に断わっていた。

私たちは、予想通りこの来訪は無駄足に終わったけれど、せっかくなのでどっかで飯でも食べて行こうという気分になっていて、けれどもまだ四時前で店がやっていない。それでまたコンビニでビールと簡単なつまみを買って公園かどこかで食べようと田村が言った。

公園なら目白通り沿いにあったはず、と私が案内した公園のベンチに座って、ふたりでビールを飲みながら、唐揚げだの、あたりめだのを食べた。園内では、遊具や芝生で親子連れの小さな子どもが遊んだり、三輪車に乗ったりしていた。小学生くらいの男の子たちがサッカーボールで遊んでいた。まだ気温は高かったが、いくらか風が抜けるのと、座ってビールを飲んでいるとそのうちに暑さにも慣れてきた。

どこ行っちゃったのかな、あいつは、と田村はベンチの背にもたれて顔を空に向けた。

帰りしなに大家から聞き出したところでは、片川三郎は今年から池袋の居酒屋で社員として働いていたらしい。

あいつが居酒屋の社員っていうのも想像つかないような感じがするけど、でも何年も会わないと人間びっくりするくらい変わったりするしね。この間、新井田さん言ってたでしょう。あの、文通の相手の人の話。

ああ。

このままさぶちゃんがどこ行ったか、ずっとわかんなかったとして、どっかで生きてるか、どっかで死んだかもわからなくても、俺たちはずっと今みたいな、あいつ今頃どこで何してんのかなーっていうままだよね、きっと。

うん。

そういえば三郎って奴がいたな、髪が腰まであった奴。いたいた、なんつってたまに思い出して、あいつ今何してんのかなーって言い続けるんだ。

髪は、ずっとあんなに長いままだったの？　あのホームページの写真みたいに。

そうだね。長かった。一緒に銭湯行ったりするとさ、周りの人がぎょっとすんだよ。

はは。

一時期は毎日のように一緒にいて、スタジオ行って、ライブやって、朝まで飲んで、音楽のこととか、音楽と関係ないこととか、たくさん話して、お互いの生活とか人生の一部みたいに思ってたのにね。三郎のことも馬場兄弟のことも。でもだんだん離れて、バンドやんなくなって、連絡とらなくなったら、あっという間に他の仕事とか人とかが代わりに自分の周りに入り込んできて、かつての連中なんていたかいなかったかもわからないような人になっちゃう。そう考えると寂しいけど、別に毎日の生活はその寂しさとは離れたところでまわっているし……。

でもさ、と私は田村の話を遮った。僕の文通相手はね、本当は存在していないんですよ。いや、あの写真の男……男か、女か、何と言ったらいいかわかんない、僕は男と言ってしまうけれども、あの人はもちろんどこかに実在しているけど、僕が文通をしていた相手は北海道まで探しに行っても、どこにもいない。成瀬文香なんて人はね。僕はいまだに彼女の住所を覚えているから、そこを訪ねることだってできる。いや、それはどうでもいいことで、いやどうでもよくないけど、そんなことを言いたいんじゃなくて、僕は成瀬文香を、死んだ人のように思い出すことがあるんですよ。

そこまで言って田村の顔をうかがうと、彼は怒ったような顔をして黙っていた。

死んでしまった人みたいに思う。それはいったいどういうことなんだろう、と私は自分で言いながら、自分がどうしてそんな話をしはじめたのか少し戸惑ってもいた。

その最後の手紙のさ。

うん。

差出人のところには、その写真の人の名前が書いてあったんだよね。

そうだよ。

それはどんな名前だったの？

なんでそんなことを聞くの？

男とわかる名前だったの？

たぶんね。

太郎とか、光雄とか？

名前なんか関係ないんだよ。

どうして。

僕は成瀬文香の話をしてるんだもの。その写真の人の名前は関係ないんだよ。田村さん、僕はね、その写真の人の名前は忘れることにしたんだよ。

忘れたの？

いや、忘れるの。現在進行形で忘れてるの。まだ覚えてるけど、名前は口に出さないし、田村さんにも言わない。僕は話が長いし、しゃべったことに引きずられて別の話をしてしまうから、名前も言わないし、しゃべりたくないの。

新井田さんがしゃべりはじめたんだよ。

そうだ、と思って私が黙ると、田村は新しいビールを開けて、割り箸で空き缶を叩きはじめた。股の間に缶を挟んで、両手に持った割り箸をスティックのようにして、速い、サンバみたいなリズムで缶を叩いた。あたりは少し、薄暗くなってきて、小さい子どもや親子連れはいなくなった。男の子たちはまだサッカーボールで遊ぶのを続けていて、遠くのベンチには、制服姿の中学生か、高校生かの、男女のカップルが座っていた。

さっきこの公園に来た時に実はびっくりしたんだけど、と私は新しいビールを開けて言った。コンビニで買った六缶パックのロング缶を、これで三本ずつ開けた。田村は缶を叩き続けていたが、手の動きはそのままに、顔を少し私の方に向けて、同じリズムのまま、テンポを落としていった。なんだかそれで夕暮れがこの公園に定着していくようだった。空は沈んだ日に照らされて薄く光り、植え込みの木々はもう黒い。

僕がさっきの、あのぼろアパートに住んでた頃は、この公園、こんなんじゃなくて、プールと、幼稚園だか保育園だかが真んなか、そこのあたりにあって、と私はふたりの前の広い芝生をビールを持った缶で示した。もっと狭っくるしい、小さい公園だったんだけど、知らない間にこんな広場みたいになってて、ああ変わったんだな、とさっき思ったんだけど、それは田村さんにとっては関係ないっていうか、前の公園のことを知らないから、そんなことを僕が言っても、その変わったっていうことを全然共有できないし、僕も前の公園に何か思い入れがあるわけじゃなくて、かつての公園がなくなってしまって悲しいとかそういうわけでもないから、あ、変わったんだなっていうだけのその気持ちは何ていうかとても淡白な、全然劇的じゃない気づきに過ぎなくて、取るに足らないものだと思っていたんだけど、でも言わないけれども、この公園に入った時からずっとその、知らない間に公園が変わってたっていう小さな驚きとともに、僕はあったんですよ。それでそれは田村さんは全然知らないでいたでしょ？

うん。

あの正面に立ってる真っ白なマンションは前からあって、でも、前はそこにプールがあったから、その水槽の分の高さと、その上にフェンスやなんかもあったから、ここからはあのマンションのあんなに低いところまで見えてなかった。たぶん。それが今は見えてる。

あ、チューした、と田村が言って、空き缶の音が止まった。

え。

あそこの制服のカップル、今チューした。

え、見てなかった、と私は言った。広場を挟んで向かいの、今私が話していた白いマンションの下の植え込みの手前のベンチにいた制服のカップルは、男の子の方はうつむき気味に前を向き、女の子の方は男の子の方に顔を向けている。と、くるりと男の子がまた女の子の方に顔を向け、あ、またチューした。

ほんとだ。

それで私も、田村も、無言でビールを飲んだ。ひと口、ふた口と飲み、私はサッカーをしていた男の子たちがいなくなっていたのに気づいた。制服のカップルの表情は、距離が遠いしあたりが暗くてよく見えなかった。

田村が、空き缶を、かん、かんと叩いた。一定のリズムでもない、雨の滴が落ちるような頼りない音で、しかしそれが続けられると、いつ途切れるかと不安になるような気持ちで私は次の一音を待った。いちばん長い間があって、ベンチがわずかにきしんだ、と思ったら、身を寄せてきた田村が私の頰に左手をあてていた。

私は当然、自然なこととして、そんなことをしてくる田村の顔を見た。田村も私を見ていた。昼間はサングラスをかけていたが、今はもうしていない。田村の両目は、細くて、小さかった。私は驚いてはおらず、いつとははっきりわからないが、田村がそんなようなことをしてくる、しようと思っているかもしれないことに気づいていて、さっきあの制服のカップルがキスをしていたあたりからは、ほとんど確信していたから、全然驚かなかった。私はそれを今日、地下鉄の駅から出て日を浴びていた田村を見た時にすでに気づいていたようにも、この間電話で話して、思いもよらず文通とか成瀬文香の話をしてしまった時から気づいていたようにも思うけれど、そんなのは全部あとから何とでも言えることだから、信用ならない。

聴きにこない？　と田村が言った。バンドのCD。

田村さんちに？

そう。

家、どこだっけ。

春日。

春日かあ。春日は、遠いな。

遠くないよ。

いや、うちから。

家どこだっけ。

うちは、池尻大橋。

そんなに遠くないじゃん。

うん。でも遠いかな、今日は。気分的に。

田村は私の頬から手を離して、しばらく何もしないで座っていたあと、またさっきと同じようなサンバみたいなリズムで空き缶を叩きはじめた。制服のカップルがいなくなった。目白通りの方から、犬を連れたおじさんが入ってきた。犬は黒っぽい、毛むくじゃらの小さな犬で、日の暮れた公園ではほとんど見えない。

それ、なんていうリズム？

いや別に、なんていうのとかじゃない。今思いついたのを叩いてるだけだから。

それって明日もう一回同じのを叩こうと思ったら叩けるの？

これと同じリズムを？

そう。

それは無理かな。

無理なんだ。

まったく同じのは、無理かな。

二度と？

二度と無理かな。

私たちのビールは全部空になった。私も、田村も、順番に、公園のトイレに行った。それで、田村は帰りもそこから近い大江戸線で帰る。私は、西武線で帰ると言って、そのまま公園で別れることになった。

別れ際に、田村はつまらないことを言った。

あの、俺のせいとかじゃないから。バンドが解散したり、さぶちゃんがいなくなったのは。

え、そんなこと全然思ってないよ。

そういうことは全然何もしてないし、言ってないし。

うん、全然そんなこと思ってないよ。

バンドのなかでは。

わかってるから、大丈夫。

それで田村は公園を出ていった。私はその田村のつまらなさは愛おしいと思って、けれども自分の田村に対する、どうしてか不本意にも発生してしまった優位な気持ちを、誰にも隠しておきたいと思った。でも今こうしてしゃべってしまったわけだけれど。

*

新井田千一です。私にとって片川三郎の失踪事件というのはそのようなもので、ほとんど片川三郎本人にも、彼の失踪にも、私は関係しておらず、けれどもどうでもいいというものではなくて、私にとって片川三郎は、成瀬文香と田村だ。

片川の失踪の理由も、行き先も、その後の経過も知らないし、興味がない、というか忘れていた。大家からはその後何度か同様の連絡があったが、結局私にはどうしようもないことだし、結果的には、放置した。

もちろん、その後間もなく片川三郎が無事見つかったことは、知っている。誰かに聞いた。それは田村ではなかったけれど、大家だったか、大学の後輩だったか。その後彼がかたばみ荘の二階手前の部屋に戻ってきたのか、それとも彼の失踪中に誰か別の住人が住むようになったのかは、知らない。

成瀬文香のことはもちろん私にとって、十代の頃の大きな出来事だったけれど、それは誰にでもあるような、初恋とか、初めて付き合ったり、デートをしたりという相手や、その記憶を忘れないのと同じで、いつまでもそれにとらわれながら生活しているわけではない。こうして誰かにほじくり返されなければ、つまりあなたに訊ねられたりしなければ、ふだん、日常生活においては、忘れている時間がほとんどだ。かたばみ荘のことも、片川三郎のことも、田村のことも、同じ。忘れているけれど、訊かれれば思い出すし、思い出せばまるで重要なことだったみたいに思いはじめて、そんなふうに話しはじめる。

私は当時、当時というのは片川の失踪当時であり、田村と奇妙な時間を過ごした当時であるけれど、その当時住んでいた池尻大橋から引っ越して、今は荻窪に住んでいる。仕事は今も同じ目黒の会社で働いている。大学時代から付き合っていた絵里子と別れたあと、恋人がいないというのも言った通り。だけど、付き合っているわけではないけれど、もう数年にわたって時々会って遊んだり、食事をしたり、旅行に行ったりという相手が実はいて、仕事場が遠くなるのに荻窪に越したのは、その相手の家が近いからでもあった。でも付き合っているわけではないです。

え、その相手？　女ですよ。

＊

七見歩《ななみあゆむ》です。私は名古屋育ちで、片川三郎は幼馴染みだった。中学まで一緒で、高校は別だったが、時々遊んだりもして、ずっと仲はよかった。

名古屋から東京の大学に出てきた同級生は、そんなに多くなかった。地元に残って就職する者が結構いたし、進学する人も、地元の大学に進むとか、距離的には東京に出るより近いから、京都とか大阪の大学に行く人のほうが多かった。高校の同期には何人か上京組がいたけれど、中学の頃の友達で東京の大学に進んだのは三郎くらいしか思いつかない。他にもいたにはいたろうが、付き合いがあったのは三郎だけだ。

三郎は一年浪人したから、一緒に東京に出てきたというわけでもなかった。三郎から東京の大学に受かったと連絡がきた時は、地元の人間が身近に増えるということで私は素直に嬉しかった。

一年ぶりに会った三郎は、髪が背中のあたりまで伸びていて、お化けみたいになっていた。受験の願掛けかなにかかと訊いたが、別にそういうのではなくて、切るのが面倒くさいのだと言っていた。そんなに長い髪を垂らしている方がいろいろ面倒なのではないかと思ったけど、三郎はその後も髪を切らなかった。

三郎はもともと勉強はよくできて、浪人中もあまり勉強せずにギターやベースの練習をしたり、地元の連中とバンドをやったりしていたらしい。大学に入ると音楽サークルに入ったと言っていたが、間もなくサークルはぬるくてつまらんと言って、バイト先で知り合った馬場という友達とバンドを組んだ。ライブがあるからと知らせをもらって、私も渋谷とか下北沢とかのライブハウスに何度か観に行った。馬場という男は三郎よりも髪が長かった。ドラムの人もふたりほどではないがやはり長髪で、キーボードを弾いている人だけが別に短くはないが長くない髪型で、私はその頃は彼らの音楽の楽しみ方がうまくわからないような感じだったが、リズムをとって体を動かすのはたしかに気持ちよく、観ているとやっぱりなんとなく三郎の弾く音を注意深く追ってしまうようなところがあって、曲を支えながらも自らがぐねぐねとうねって見せるような音の動きや、場所全体を震わせるような低音を、私は理屈ではうまく言えないし、それがどういう音楽なのかはよくわからないけれど、かっこいいし気持ちいいと思った。

三郎は名前の通り三男で、三人兄弟の末っ子だった。上のふたりのお兄さんは、たしか片方は地元で役場勤めだったか学校の先生だったかをしているとにかく公務員で、もうひとりは東京の会社に勤めていた。ふたりとも出来がよくて、三郎も学校の成績は苦労せずともそこそこよかったけれど、髪を染めたり伸ばしたり、進んでドロップアウトしたがっているような印象だった。両親もまじめな人で、子どもの頃遊びに行ったりすると、おじさんもおばさんもあまりふざけたり笑ったりしないので少し怖かった。三郎が東京に出てくる時には、わざわざお父さんが電話をよこして、不慣れな場所なので何かあったら力を貸してやってほしいとお願いされて、私は恐縮しつつも、少しうっとうしかった。そのうっとうしさは、思えば私のうっとうしさというより、三郎の代わりに感じたうっとうしさだった。だから私は、そんな電話が来たことは三郎には言わなかった。

結局三郎は二年で大学を中退してしまった。その時も両親が反対したり怒ったりしたのはたぶん間違いない。詳しいことは私も聞いていないので知らないが、三郎は親に相談せず勝手に中退を決めたらしかった。

中退を機に三郎は仕送りを止められた。軽い勘当のような感じだったのかもしれない。そうなることを予想していたのかどうか知らないが、三郎は大学をやめる少し前に、それまでの池袋のアパートから西武池袋線の東長崎にある安アパートに引っ越しをしていた。私は軽トラを借りて引っ越しの手伝いに行った。前の住人だった人が冷蔵庫などを置いていってくれたそうで、たいした荷物はなく、引っ越し作業もそう時間はかからずに終わった。家賃が安いとはいえ、汚い、ぼろぼろのアパートで驚いたが、三郎はむしろその汚さが気に入っているようだった。三郎が大学に行っていた頃も、大学をやめたあとも、月に一度か、二度、三郎が酒を持って私の住んでいた要《かなめ》町《ちょう》のアパートに来るか、私が酒を持って三郎のアパートに行くかして、とりとめのない話をしながら部屋でだらだらと飲んだ。

三郎の部屋は楽器やＣＤ、本やゴミでいつも散らかっていた。床に散乱した物を足で蹴りよけながら座る場所をつくり、座ると尻の下でぱりんと何かが割れた。何かと見てみると、ケースを飛び出て裸で散らばっていたロックの名盤だったり、エロDVDだったりした。話が途切れればただ飲むだけで、話す代わりに三郎が音楽をかけた。それか、ギターやウクレレを弾いた。何もかけずに窓を開けている時もあった。近くに踏切があって、電車が走っているうちは踏切のカンカン鳴る音や電車の走っていく音がしたし、夜中になればその音が止んで、静かになることでそれまで案外とひっきりなしに踏切を電車が通っていたことに気づいたり、虫とか、遠くを走る救急車の音とかが聞こえたりもした。

板の間の床は、地の部分が見えないほど物が散乱していて、ステレオとスピーカーが置かれたラックには、三郎があちこちで拾ったり買ったりしてきたがらくたや人形、石とか木の実なんかも本やレコードと一緒に棚に並んでいた。そういううるさい床や棚をずっと見ていると目が疲れてきて、そしたら天井を見る。そこには何も貼っていなくて、天井板だけが並んでいた。安い板材には、不気味に思えるほどの木目や模様もなく、刷毛目のような無機質な模様が、何代にもわたる住人たちの吐いた息や煤汚れ、煙草のヤニなどを沈ませながら、じっとしていた。動的に部屋を散らかし、音を鳴らす三郎を、築四、五十年の時間がそうやって上から見ている。それはいつかこの部屋に泊まった時に、ひと組しかない布団を横に使って三郎と並んで寝転がって天井を見て思ったことで、不思議とその時のことを覚えている。三郎の部屋を思い出すと、まず最初にそのことを私は思い出す。

三郎は、その頃からバンドでのライブやなんかが増えて、活動が本格的になってきた。私も四年生になると就職活動やら卒論やらで忙しくなって、その頃からぐっと会う機会が減った。

私は小さい食品会社に就職して、三郎のバンドはCDを出して、全国でライブに呼ばれたりもするようになった。会社に入って最初の一、二年は仕事に精一杯で、三郎の近況もほとんど追えていなかった。その頃一度だけ行ったライブも、疲れている時に無理をして代官山のライブハウスに行ったら酒と人に酔って気持ち悪くなってしまい、トイレで吐いて帰ってきた。わずかに目にしたステージでは、馬場兄の髪が短く、というかスキンヘッドになっていたのと、三郎の髪が腰の下まで長くなっていたことぐらいしか覚えていない。

＊

七見歩です。私が三郎から電話が来てアパートに呼び出されたのは、仕事をはじめて三年めに入る頃だから、二〇〇九年の春だった。

私は缶ビールを買って、何度か来たことのある三郎の部屋を訪ねた。しばらくはいつものようにふたりで酒を飲みながら、くだらないことを話していた。ビールと一緒に買って来たつまみを食べてしまうと、三郎が、何かつくるよ、と台所に立って、かたかたと料理をはじめた。私は板の間に座って、その後ろ姿を見ながら言うタイミングを逃して今さらどうかとも思いつつ、髪切ったんだね、と言った。

うん、と向こうをむいたまま三郎は応えた。腰のあたりまであった三郎の髪の毛は、耳が出るほど短くなっていた。高校の頃まではそのぐらいの普通の長さで、その頃の三郎も私はちゃんと覚えているからか、東京に出てきてからの長い髪にもう慣れてはいたものの、それがこうして短くなっていても案外と驚きはなく、部屋に入った時に、あれ、と思いつつもその場ですぐに反応しそびれた。

その外見の変化よりも、昨日の電話の時からどうもいつもと違って神妙な様子であることの方が気になっていた。あといつも足の踏み場のないくらい本やCD、それ以外の雑多なものが散らばっていた部屋のなかが、きれいに整理整頓されているのも妙だった。

何かあったのだなとはわかったが、こう引き延ばされるとこっちの気も重くなってくる。そんなに言い出しにくいことなのか。バンドがうまくいかず解散することになったか。しかしであればさっさと言ってきそうなもので、ならば女関係の話か。まさか誰かと結婚するとか。それか誰かを妊娠させたとか。三郎は女にもてた。今決まった彼女がいるのかいないのか知らないが、高校の頃から遊ぶ相手に困ったことはなさそうだったし、バンドとかやっていれば取り巻きとかも多そうだ、なんとなく。あるいは金か。バンドでいくら稼いでいるか知らないが、レコード屋でアルバイトをしているのは知っていた。ここの家賃だけならどうにかなりそうだが、それ以外に金が必要となると何だろうか。すでに借金をしていて返せなくなったとか。何か事故や事件を起こしたとか。ともかく、かなり悪い、深刻な話であるかもしれない。もしそうだとして、何でも頼みを聞けるわけではない。話によっては三郎の頼みを突っぱねないといけないかもしれないが、ともかく、まずは何を言ってきても驚いたり反射的に非難したりしないように聞こうと思った。

三郎がフライパンでなにか炒めている音を聞きながら、私はじっくりじっくり、酔い過ぎないようにビールを飲んだ。台所からいい匂いがした。

三郎がつくってくれたのは、蓮根のきんぴらだった。料理が好きとか得意とかいう話は聞いたことがなく、適当な野菜炒めみたいなものが出てくると思っていたので少し意外だった。そして食べてみたらおいしいのでまた驚いた。よく見ると、丁寧に炒りごまなんか振ってあって、盛りつけにも気を配っている。

簡単で悪いな、と三郎は言った。もっとボリュームのあるもんの方がよかったんだけど、冷蔵庫に何もなくて。

いや、おいしいよ。なんか、店で食うみたいなちゃんとした味がする。

ひとり暮らしも長いしね。歩くんは結婚とかしないの？

私は、いや全然予定もない。相手がおらん、と応えながら、今のが三郎の結婚報告の導入かな、それだったらいいな、と思ったけれど、そっか、と言った三郎は、これはね、と言って、きんぴらの作り方の説明をはじめた。ごま油で唐辛子の輪切りを炒めて、そこに薄切りにした蓮根を入れて、少ししたら砂糖と、酒と、しょうゆを入れる。簡単だろ。蓮根は切ったら水にさらすんだけど、その水にお酢を入れとくといいんだよ。

へえ、なんで。

そうすっと、しゃきしゃきすんだね。

へえ。あ、しゃきしゃきしてるわ、たしかに。

そうだろー。あと、中国の山椒をちょっと隠し味に入れた。

中国の山椒。

そう。

日本のとは違うんだ。

違うんだよ。花椒《ホワジャオ》っていうの。

へえ。

いい香りがするんだよ。

へえ。おいしい、おいしいわ、と言うものの私はほとんどそれらの説明は頭に入っておらず、たしかにおいしいそのきんぴらを食べながら、いつになったらこいつは用件を切り出すのだろうか、と思っていた。それとも私が考え過ぎなだけで別に何も相談事なんてないのか。

前にバンドで金沢にライブに行った時に、イベンターの人が知り合いの店に連れてってくれてね、と三郎の料理の話は続いた。三十代の若い人がはじめたお店だったけれど、とその店で食べた料理が驚くほどおいしく、それをきっかけにこれまで全然興味のなかった料理に目覚め、こうしてあれこれつくるようになったのだ、と三郎は言った。その金沢の店で食べた料理はね、びっくりするくらいうまかったんだよ。ほんとに、なんだこれ、って言うくらい。俺、だいたい何食ってもうまいんだけどさ、そういうのとは違うんだよ。俺、なんか食って驚くこととかなかったんだけど、その時は心底驚いちゃったんだよね。

なにを食べたの。

いや、なにとかじゃないんだよ歩くん、何を食ったとかじゃなくてね、今まで食ったもののなかでいちばんうまいとかそういうことじゃなくて、ああ、料理ってのはこういうものだったのかっていう、料理を食べるっていうのはこういうことだったのかっていう、発見。こう、食べることについての考え方が根本から変わるみたいな。俺たちがバンドでやってたのはさ、と今度は急に自分たちのバンドの話になって、これ見てこれ、とCDラックから引っ張り出してきたのは三郎のやっているバンドのCDで、これ俺も持ってるよ、買ったよ、と言うと、その帯のところの文章を見せてきて、そこにはどこかのレコード屋の店員のポップから引いたという惹句が書かれていた。詳しくは覚えていないが、日本に西洋音楽が入ってきて、日本ではその刺激を受けて独自の音楽文化が育った、その最初期にあったであろう驚きを、すでにそれらが血肉化、細胞化した現代において、もう一度再現しようというバンドである、とそのようなことが書いてあった気がする。三郎は、自分たちのバンドの音楽はそのように評されていて、なるほどそういうことをやろうとしていた気もするのだが、それってそもそもビートルズがさ、と話がどこにも着地しないまま今度はビートルズに移って、ビートルズのどのアルバムがいちばん好きか、どの曲が好きか、としばらく話していたあと、ビートルズに世界中が熱狂したのもきっとそういうことだったと思うんだよな、と三郎は言う。

どういうこと？

この世界には、こんな音楽があったのか！　音楽ってこういうものだったのか！　っていう。ベースもギターもドラムも、ビートルズがつくった楽器じゃないだろ。でもさ、それをどう塩梅するかっていうことで、音楽とか、音楽を聴くことの意味を、根っこから変えてしまえる。

なんの話なんだよ。

だから、料理もそういうものなんだなって思ったんだよ。

いやたしかにうまいよ、このきんぴらは。

だろ。でももっとうまいんだよ。うまいっていうか、すごいんだよ。

俺も食べてみたいよ、そんな料理を。

私の会社は、加工食品などを扱ってはいるが、取引をしているのはレストランチェーンや食品メーカーが多く、どちらかというと量販商品にかかわる仕事が多かった。もとより三郎と同じで、わりとどこで何を食ってもうまいうまいと満足するたちだから、仕事でもプライベートでもそんな粋をきわめたような料理を食べる機会もなかった。

きんぴらを食べ終わって、私の買って来たビールがなくなったので、ふたりで外に出てコンビニまで歩く道中、ようやく三郎が、歩くん、ちょっと金貸してくんない、と言い出した。

私は、きた、と思ったが、意味を汲んでないふりをして、いい、いい、きんぴらごちそうになったから、酒代は俺が出すよ、と尻に入れた財布を叩きながら応えた。

いや、そうじゃなくて。ちょっと今金が必要なんだけど、少し足りないんだよ。

いくら？

うーん、いくらって言うか、無理のない額でいいんだけど。

無理な額は貸せないよ。いくら必要なのか言いなよ。

五十万くらい。

微妙な額だ、と思った。貯金をおろせば、貸せなくはない。無論返ってくる保証なしに気安く出せる額ではない。給料ふた月分とちょっと、一年目は出たけど、二年目の去年は出なかった、そして今年も出るかわからない夏のボーナスよりも多い額だ。私は、貸せない額じゃないよ、でも簡単に貸せる額でもないよ、正直なところそういう額だよ、と思ったままのことを言った。

無理だったらいいんだ。

いや、だから、無理じゃないけど、と私はいらついていると思われないよう、ゆっくり言った。実際いらついているわけではなく、三郎が何を言い出すかが怖いのだったけれど、怖がられているとも思ってほしくなかった。

俺、バンドやめるんだよね、と三郎は言った。私は黙ってその先を促した。それでよく考えた結果、料理人になろうと思ってるんだよね、と三郎は言った。

直感的に行動しがちな三郎の、よく考えた、はあてにならない。三郎自身はそう言っていても、他の人間からしたらほとんど思いつきみたいな考えで動いていたりする。ただ、嘘というわけではない。それはわかっているし、それでいい。時間をかけて考える代わりに働かせている鋭い直感のようなものが三郎にはある。さっきの話と、丁寧につくられた、たしかにおいしかったきんぴらを思い出しながら、料理人、と私は繰り返した。予想もつかなかったが、予想していた最悪よりは悪くなさそうな話になりそうで、ほんの少しほっとしてもいた。料理人になるのにそんなに金が必要なの？

学校に行こうと思って。

学校か。

調理師免許をとろうと思ってる。

三郎が言うには、調理師学校に通うと卒業とともに免状の申請ができる。都道府県が行う検定試験を独学で受験することもでき、それで合格すれば費用的には安く済むのだが、調理場での実務経験が受験資格にあって、三郎はその経験がないから、これから受験資格を満たそうとすると受験できるのは何年も先になってしまう。それで特に経験もなく、もう二十五歳になる自分は、一年なり学校に通って免許を取得するのがよいと考えたらしい。その判断に異論はない。四年大学に通うのは今から考えれば全然三郎向きでなかったが、一年だったら通えるかもしれない。費用はざっと百五十万から二百万ほどだと言う。

結構するんだな、と私は言った。五十万貸してほしいと三郎は言ったが、あとの百五十万はどうするつもりなのか訊くと、それはもうどうにかなった、と応えた。

バンドしててそんなに金たまったのか。

いや、バンドは去年からほとんど動いてなくて、レコ屋のバイトも辞めて、ここ一年くらいは工事現場行ったり、引っ越しの手伝いとかやって金貯めてたんだ。ここ、家賃安いし。

そう言われて、私は髪の毛が短くなった以外にもどこかが違っていた三郎の体格の変化にも気がついた。がりがりだった三郎の体にいくらか肉がついてほんの少しだが逞しくなっていた。じゃあ、他からは金は借りてないのね。

借りてない。

親は？

親には連絡してないし、大学辞めてからはほとんど連絡来ない。じいさんが死んで、葬式には出たけど、親父もおふくろも俺とは口利かない。

お父さんたち、大学勝手にやめたのでまだ怒ってるのか。

ていうか、こっち出てくる前からそんなようなもんだったんだよ。中学とか高校の時から。俺は反抗ばっかりしてたしね。大学勝手にやめて、いよいよ見限ったんだろ。

俺より先に親に頼むべきなんじゃないのか、と私は言おうと思ったが、やっぱりやめた。それは正論かもしれないが、友達に、まして三郎に正論をぶつけるべきじゃない。そんなことに今立ち戻る必要はない。それでも私は、三郎が上京してくる時にお父さんが電話をかけてきたことを思い出した。もし自分が将来人の親になった時に、今自分が考えていることを許せるか。

許せる。もしそれが間違っていたとしたら、それをしょうがないと諦められる。私の選択肢は三郎に金を貸す以外なかった。貸さなかったら私は必ず後悔する。三郎がもし他の誰かから金を工面することができたとしても関係がない。今の自分をあとで後悔する。その重しを将来に残したくない。

学校はいつからなの。

四月。

来年の？

いや、今年の。

もう過ぎてるじゃん。

今年の四月からもう通ってる。

もう？　もう入学したってこと？

そう。じゃないともう一年待つことになるから。

三郎は用意できた入学金と前期分の学費をすでに納入し、調理師学校に通いはじめているのだった。残りの金が払えるかどうかもわからないのに。やっぱり、何がよく考えて、だ。

それで私は三郎に五十万貸した。今思い出した。その日はちょっと前に、忌野清志郎が死んだばかりで、三郎の部屋にいた時、三郎は追悼、と言って忌野清志郎のCDをかけていた。あまり音楽に詳しくない私でも忌野清志郎は知っていた。けれど、その日三郎がかけていたのは初めて聴く、奇妙な電子音や、演歌や音頭みたいな音が混ざった曲で、おもしろいね、と私が言ったら、それがRCサクセションの曲でも、ソロの曲でもなくて、細野晴臣と坂本冬美と清志郎が学生服にセーラー服姿になって一枚だけ出したアルバムだと三郎は教えてくれた。それはなんだか無性によかったのだった。私が何度かだけ聴いた三郎のバンドの曲とは全然違って、その晩聴くにはそれがとてもよかった。知ってますか？　そのCD。あ、知らない。そうですか。

＊

七見歩です。私は、三郎が行方不明になったという話は、彼の実家から電話がかかってきて知った。二〇一〇年の夏、私が三郎に金を貸して、一年と少しが経った頃。三郎は一年間専門学校に通った。専門学校はなかなか忙しいらしく、私も仕事が忙しくてその一年は時々電話で話すくらいで、ほとんど会わなかった。だから三郎がどんな専門学校生活を送ったのか私は全然知らない。極度に向こう見ずで飽きっぽいけれど、高校の頃楽器を手にした時そうだったように、三郎はこうと決めると入れ込みすぎるくらいに徹底的にやるところもあった。

翌春、三郎は無事免状を取得して、卒業後の就職先も決まった。

三月に久しぶりに会って、酒を飲んだ。三郎は、毎月の給料から少しずつ借りた金を返すと言ったので、私は自分の銀行口座を伝えたけれど、無理をしなくても返せる時でいいからと言った。三郎の就職先は、都内でいくつかの居酒屋チェーンを経営する会社で、三郎は池袋の西口にある店に配置された。店長の下について、調理場まわりの仕事はもちろん、仕入れやアルバイトスタッフの教育などを学び、だいたい一年ほどで店長に昇格することになるという。

あまり接客や同僚とのコミュニケーションが必要になる仕事は向いていなさそうな三郎がそんな職場でやっていけるのか私は心配になったが、一念発起して一年間学校に通い、ちゃんと免状をとって見せたのだから、大丈夫かもしれないとも思った。そもそもそんなことを言い出すなら、三郎が会社に就職するというだけで昔からの友達としては信じがたいことだった。けれど時間が経って年をとれば、どんなに変わらなそうに見えた人だって結構変わる。私は自分の昔のことをきっと正確には話せない。変わってしまったことが必然的だったようにしかきっと話せなくて、もし三郎が私の昔の話をしたら、きっと今の私とはずっと離れた、全然違う昔の私がそこにいるだろうけど、三郎は私の話なんかしないだろう。

経営母体である会社は大きなところだから、待遇はそこそこしっかりしているという。何年か修業して、歩くんに金を返して自分でも金を貯めて、いつか店をやれたらいい。そこで好きな音楽をかけながら料理を出したい、と三郎は言った。

夢のような話だ、本当にそうなったらいい、と私は思って、そう言った。

三郎が仕事をはじめて四か月経った七月の末に、三郎から十万円が振り込まれていた。電話をかけたが三郎の仕事は夜中にかかることも多くて、何日か後にようやく電話に出て、振込のお礼を言った。もっと少しずつでも大丈夫だよ、と言うと、いや、大丈夫大丈夫、と言った。仕事が忙しくて、金使う暇もないいんだ。ほら、家賃も安いしね。

じゃあすぐお金が貯まりそうだね。

うん、と三郎は言った。声が暗いのが気になって、疲れてるね、と私は言った。結構しんどいの、仕事？

これまでバンドとアルバイトしかしたことがなくて、協調性に乏しい三郎だから、実際の職場では苦労することは予想していたし、ずっと仕事を続けていくのならば多少悩んだりする方が後々のためにも有益なのではないか、とも私は思っていた。私自身も社会人一年目の時はつらくて会社を辞めようと思ったから。

三郎は、上司である店長が高圧的で乱暴なのが納得がいかない、と言った。飲食店の上下関係がヘビーなのはよく聞く話で、私も仕事の取引先に飲食店があるから、まったく知らない世界でもない。

これまでも音楽業界とか、ライブハウスとかで、ろくでもない奴はいっぱい見てきたんだけどさ、どこも同じなんだな。俺、会社とか店とかって、もっとまともなんだと思ってたよ。

うーん、と私は何と言ったらいいか考えたけれど、そりゃ世間知らずってもんだよ、と言ってみた。世の中どこもひどいもんだよ。なんだよ、ロックやってたのに、世の中がそんなに人に優しいとでも思ってたのかよ。

ははは、と三郎は笑った。そりゃそうだな、ロッカーにあるまじき発言だったかもしれない。ま、俺もうロッカーじゃないけどね。撤回、撤回。世の中やっぱりくそったれだ。

多少の我慢は必要、ただその職場や店長が度を越えて悪質なのならば、放っておいてもそのうち三郎は全部放り出して辞めてしまうだろう。元々そんな辛抱のある人間じゃない。そうなったのならなったでいい。免状があれば、多少条件は悪くても働く先は見つかる。どこも似たり寄ったりだが、堪えられない環境に居続けるより、少しでもましな環境を粘り強く探した方がいい。私はそんなふうに、またいちばん悪そうなケースを想像していた。私はたぶんその時、社会人の先輩面をして、三郎の愚痴を聞いていた。私が勝手に思っているだけだが、親に半ば縁を切られて、音楽もやめて、無謀にも思える料理人への道を歩んだ三郎を見る時、私はどこか保護者のような気持ちだった。もちろん金を貸したことがそんな気持ちをつくりだしてもいた。

けれど、思い返せば三郎がそんな愚痴を言うのは珍しくて、もっとちゃんと話を聞いてあげればよかった。もしかしたらその時の私にあったのは、心配じゃなくて金を貸しているという優越感だったのではないか。そういうふうにだけはならないようにと思って金を貸したのに、私はきっとその時、三郎のことをそれ以上心配しなくても済むように、ということは自分が楽でいられるように、先輩面をした。金貸しの顔をした。

それから間もなく、三郎のお父さんから私の携帯に電話がかかってきた。お父さんは、三郎が行方不明になったんです、と言った。一週間以上仕事を無断欠勤しているらしい。電話もつながらず、会社の人が家まで行ってみたがいなかった。それで実家に連絡がきた。

歩くん、三郎の居場所知らないか。お父さんは申し訳なさそうに、しかし落ち着いた口調でしゃべっていた。ただ、不安なのか苛立ちなのか、何かしらの昂りを必死に抑えていることも声を聞いていたらわかった。

少し意外だったが、三郎のお父さんは、三郎が調理師免許を取得して春から料理人として働きはじめていることを知っていた。三郎が実家に電話をかけてきたのだという。会社に入るにあたって、何か必要なことがあったのかもしれないし、単に三郎が報告をすべきと思ったのかもしれない。ただ、私から金を借りたことは知らなそうだったので、それについては黙っていた。

私は、とりあえず三郎がどこかに行くとかいうことは聞いていない、と伝えた。ちょっと知り合いとかにも訊いてみます、と言ったものの、私と三郎の共通の知り合いは東京にはほとんどいない。三郎のバンド時代の知り合いや、アルバイト関係の人間で、私が連絡先を知っている人はひとりもいなかった。私と三郎の東京に出てきてからの関係は、他へ広がらず、ずっとふたりで互いの家を往復し合うだけだった。

警察とかに届けを出したりは？と訊ねるとお父さんは即座に、その必要はないでしょう、と言った。たしかに三郎を知る者なら、仕事がいやになってすべて放り出してどこかへ行ってしまった、という話はまったく自然に受け入れられるもので、何か事件に巻き込まれたかもしれないという想像を挟みこむ隙間はほとんどない。ただ、お父さんは東京に出てくる前の三郎しか知らなかった。髪を短く切って、自分の店を開きたいと言っていた三郎を見ていない。それまでの三郎からは想像のつかないような、将来の計画とか、前向きな展望を持った三郎は、同時に、それまでまったく持ち合わせていなかった弱さのようなものも持ったのではないか。あるいは単に、楽器を捨てて丸腰で世間と関わらないといけなくなったことで隠れていた弱さが剝き出しになった、ということかもしれない。

　ともかく私は、この間の電話での、三郎らしくない調子が気になっていた。まさか自殺とかしないよな、と思い、どのくらいその可能性があるだろうか、とも考えたが、そんな懸念をお父さんに伝えることはうまくできそうになかった。先月急に十万円返してきたことも、急に意味深に思えてきた。

　翌日が金曜日で、仕事が終わったあと、池袋の三郎の店に行ってみることにした。ゆうべ三郎の携帯に電話をしたが、呼び出し音は鳴らず、つながらなかった。家に行ってみることも考えたが、その年の春から付き合っていて、後に結婚することになった奈緒子と会う約束をしていたから、一緒に三郎の店に行って、ついでにそこで食事をすることにした。

　店は池袋駅の西口から数分のところにあった。金曜の夜で、学生や会社帰りの客で店はそこそこ混んでいた。注文を取りにきたアルバイトらしき女の子に、今日片川さんいますか、と訊いてみると、片川、あ、さぶちゃん。さぶちゃん行方不明なんですよ今、と応えた。焼き鳥は塩とたれどっちにしますか？　あと今日カツオがすごくおすすめですけどいかがですか。

行方不明って、仕事に来てないってことですか、と私は不自然にならぬよう軽い調子で驚いてみせた。

なんか無断欠勤で、しかも電話とかもずっと出ないらしくて。ばっくれじゃね？って話してるんですけど。

え、それって大丈夫なんですか？と奈緒子も心配したふうを装って女の子に訊ねた。

ね。やばくない？って感じですよね。私たちもかなり心配でー、と女の子は注文をとる機械を操作しながら言った。かなり、のイントネーションがギャル風で、奈緒子はそれが嫌いだから、あっ、と思って見たらやっぱり奈緒子の眉がぴくっと動いた。

なんか今日とか、本社の人？が来てて、え、なんか事件？事件？って。うちらバイトにあんまりっていうか全然説明おりてこないからわかんないんですけど、やっべ事件じゃね？さぶちゃんなんかやらかしたんじゃね、とかさっきもフロアの子たちで言ってたんですけど焼き鳥塩とたれどっちにしますか？

店員は、作務衣風の制服の胸に自分で書いたと思しき名札をつけていて、ハートやらスマイルやらが配されたニックネームが書かれていたが、なんという名前だったかまでは覚えていない。どんな顔だったかもはっきり思い出せないけれど、メイクのせいもあって人形みたいにぱっちりした目や口角が均整な笑顔をつくっていた。しかし唇が笑っていなくて、雑談も、注文も、すごい早口だった。やりとりが面倒なのだろうか、それにしては訊かれていないことまで話がするする出てきて止まらない。感情の読めない口元と口調が忘れられない。

店員が去ると奈緒子は、結構大変そうな仕事場だね、と何か納得したような顔で言った。こりゃつらいと思うよ。

そうかね。

三郎くん、店長の下についてたんでしょ。その店長が横暴で、下があんなのばっかりで、間に挟まれてたらさあ。

おかしくなっちゃううか。

も、あるかもしれないし、その前にたぶん、実務的に大変なんじゃないかな。上からも下からも全部仕事押し付けられるみたいになって。そんなこと言ってなかった？

いや、あんまり詳しい仕事の内容は聞かなかったんだけど。

ま、職場はそれぞれだからわかんないけどさ。とりあえず今の子はカナリ馬鹿でしょ、と奈緒子はさっきの子の言い方を真似て言った。

奈緒子は広報紙の制作を請け負う会社に勤めていて、私よりふたつ年上だから、職歴も長い。今の会社の前は、アパレルメーカーにいてデパートで服を売っていた。どの職場もまじで馬鹿ばっかだよ、と常々言っているから、どこまでが彼女の言う馬鹿なのか私はわからない。私も職場では馬鹿なのかもしれない。実際付き合っていれば、一緒に出かけて買い物をしたり食事をしたりしている時の彼女がそこまで聡明でないことも私は知っていて、馬鹿じゃないかと思ってしまうような待ち合わせ場所の間違いをしたり、行く先行く先でものを落としたり忘れてきたりするのだけれど、それは職場の外での話だから、仕事中のことはわからない。彼女の言う通り、職場は本当にそれぞれで、外部の者にはなかなか実情がわからない。

店長なり、他の店員なりを呼んで、さぶちゃんと呼ばれているらしい三郎についての詳細を訊ねてみることもできたが、なんだか最初の女の子とのやりとりでそんな気が失せてしまった。勝手にカウンターのようなつくりの店を想像していて、三郎が横暴だと嘆いていた店長の顔、というか働いている様子だけでも見られればと思っていたが、よく考えたらこの手の店の厨房は奥に隠れていて、調理場の様子など全然見えないのだった。この日その店長がいたのかどうかもわからないが、私はまたとりあえずいちばん最悪なケース、もし三郎が職場のストレスが原因で自殺したら、その店長なりこの店を経営している会社なりの責任を追及することになって、その場合に今日のこの来店が重要な証言ソースになるかもしれない、などと考えていた。私はどこまで本気で三郎の心配をしているのか自分でもよくわからなかった。三郎相手に本気とかまじめになるのは、的外れな気もするが、人間ちょっとしたきっかけでおかしなことを考えたりもするものだ。自分が会社に入ったばかりの頃に、ほんの一瞬だけれど、ふっと電車に飛び込んだり高い所から飛び降りたりすることがすぐ間近に感じられたことがあった。自分がそんなことをするなんてありえないと思っていたけれど、そんな自信あんまりあてにならない。

さっきの子にどんな店長か訊いてみたら？　いくらでもしゃべると思うよあの子、と奈緒子が言ったが、私はさっきの子と話すのがなんだかつらくて、いやもういいや、と言い、明日時間あるから三郎ん家に行ってみる、と言った。奈緒ちゃんも行く？　と訊いたが、奈緒子は仕事に行かないとならないと言う。

私、三郎くん直接会ったことないし、わかんないけどさ、ほんとにこれ事件とかではないの？　と奈緒子はまじめな顔で言った。

そんなことは私にもわからない。ただ、こうして実際に職場に来てみたことで、三郎はやっぱりここでずっと働くことができなかったんだろうと思った。内装も、有線放送らしき店内のジャズ音楽も、制服も、出てくる料理や皿も、どれも統一感があって文句はないが、ならばこの店のどこかに誰かが何かを本気で考えたことによってつくられたものがあるかと考えたら、それはたぶんない。なくても構わない。三郎のことで来たのでなければ、私はそんなことに気づきもしないで飲んで食って満足して帰る。ただ、三郎は九割方いい加減な男だが、十割いい加減なわけではない。なにかひとつ本気で、真剣にやっていさえすればあとはどうでもいい、というのが三郎の考え方というか、そうとしかできない不器用な生き方だった。と、私は思っている。三郎が音楽をやめて、はたから見たらあまりにも極端に料理人の方へ舵を切ったのも、たぶん両方本気でやることが彼にはできないからだった。と、私は酒のせいもあってか、死んだ三郎の人生を振り返っているみたいに考えていた。あの時、もっとちゃんと話を聞いていれば。今日、無理矢理にでも厨房に押しかけて店長の男を問い質していれば。そのように思いはじめると、その店の目につくすべてが、気に食わなくなってきた。内装も、メニューの書き方も、座布団も、料理も、料理を盛った皿も、あの日の三郎の真摯さに見合うものなんてひとつもないじゃないか。

あの日の三郎っていつの三郎よ?

世の中くそったれだ。くそったれ居酒屋だ。

やめなさいよ。

私は酔っぱらって、奈緒子に抱えられながら店を出て、タクシーで私の目白のマンションまで一緒に帰った。奈緒子もそのまま泊まっていったが、翌朝起きたら、もう仕事に出ていた。

＊

七見歩です。三郎のアパートを訪れるのは、去年の春、借金を頼まれたあの日以来だった。前夜の酒はきれいに抜けていて、気持ちがよかった。晴れて暑かったが、歩いても三十分ほどなので歩いて行くことにした。

三郎は、基本的には他人にあまり干渉せず、温厚な人間だったが、ごく稀に怒りるのか、不満なのか、ともかく彼にとって不本意な状況で、彼の何かがリミットを越えることがあった。といって乱暴を働いたり、過激な行動を起こすわけではない。たとえば、座の話題が彼の納得いかぬ結論に落ち着こうとしている。と、彼は周囲にそれとわからぬように黙り込み、そして静かに姿を消し、たとえば三十分ほどいなくなって、やがて戻ってくる。別にさっきの話に文句をつけたりはせず、何事もなかったようにしている。あるいは、そのまま帰ってこず、翌日何事もなかったようにけろっと現れる。ごく短い時間だけ、瞬間的にそうなることもあって、そうなると周囲の人間も三郎がおかしいことに誰も気づかないことがあった。幼馴染みの私だけが、あ、キレた、とわかって注視していると、三郎の背中から影のようなものが立ち上がって、三郎の背後をうろうろしたあと、また背中に抱きつくように消える。そうすると三郎も元に戻って、また何もなかったように人の話を聞いたり、自分でしゃべったりした。小学校や中学校の頃そういうことがよくあったし、高校で分かれたあとも、時々近所の友達連中で集まると、そういうことがあった。東京に出てきてからは、他の人が一緒の場で三郎と過ごしたことがほとんどなかったが、誘われたライブハウスで、三郎がファンやら知り合いやらと一緒にいる時にそれを感じたことがあった。あと、演奏中にそうなっているように見える時もあった。

そんな幽霊みたいなのは私の錯覚かもしれない。私が見ているのも、どちらかというとそういう時の幽霊みたいなものよりも、三郎の死んだような顔だった。無表情とか、顔色が悪いとかではなくて、葬式で見る死んだ人みたいに、三郎に違いないのだが、とても三郎とは思えない。その人をその人と思わせるのは、どんな目鼻の特徴よりも、それを動かす命があってのものだったのだな、と思い知るような、そういう顔になっている。たまたま異変に気づいた別の人が、え、三郎くんどうしたの、と声をかけても、三郎は返事などしない。そんな顔でまともに返事なんかしたら怖い、と思える顔、つまり死んだ人に近い顔になっている。今回も、あんなふうに三郎はある時キレて、お化けみたいにどっかに行ったのだろうと私は思った。

汗をかきかき、三郎のアパートにたどり着いた。相変わらず外見はぼろぼろで、階段の錆びがひどい。建物も階段も、いつ倒壊しても不思議でないように思えた。

まさか今日ひょっこり帰ってきているとも思えなかったが、不在なら不在で、部屋のなかを見られないだろうかと私は思っていた。三郎が出かける時、洗濯機の下に部屋の鍵を置いていくのを私は知っていた。持って出ると失くすから、というのがその理由だった。こんな部屋、泥棒も強盗も入んないし。入ったってとるもんないし。失踪するのに鍵を置いていっているかどうかわからないが、もし部屋のなかに入れれば、何か手がかりがあるかもしれない。

なかで死んでたりしていたらどうしよう、とも思いつつ、もし万がいち三郎が部屋にいたら、一緒に飲もうと思って、途中のコンビニで、ビールを六本買ってきた。いなかったら、メモを添えて洗濯機の上にでも置いておこう。

部屋のドアを叩くと、なかでどしどし物音がして、まさかと思ったがあっさり三郎が顔を出した。おお、歩くん。

寝ていたらしく、Tシャツに、下はトランクスのままだった。ドアを開けたまま、何も言わずそのまま室内に戻るので、私も部屋のなかに入った。三郎は首や肩をごきごき鳴らしながら伸びをして、大きなあくびをした。Tシャツの裾がまくれ、やせた腹とへそ、へその下に生えた毛が見えた。

三郎があまりに平然とそこにいるので、私は失踪の件をすぐに問いただせなかった。自分の方が何か勘違いをしていたような気がして不安になってきて、ちょっと近くまで来たんで寄ったんだ、と言ってビールの入った袋をテーブルに置いた。三郎は、ああ、とだけ応えて布団の上に座った。

二面ある窓は開け放してあり、部屋のなかは外と変わらず暑かった。去年来た時にはきれいに片付いていた部屋が、かつていつもそうだったように床一面にものが散らばり、布団から台所までの通り道だけ床板が見える状態に戻っていた。三郎は枕元の扇風機を回して、私にも風がくるよう、向きをずらしてくれた。

私は、去年と反対の変化、それは結局元に戻った変化ではあるのだが、ともかくこの変化について、これから三郎に何を告白されることになるのかと思い、気が重くなりはじめていた。ともかく死んでいなくてよかった。

　買ってきたビールをふたりで一本ずつ開けて、三郎は煙草を吸いながら、裸で壁に立てかけてあったエレキギターを弾きはじめた。アンプに繋がっていないから、しゃらしゃらと音が鳴る。去年来た時はギターやらベースやらの楽器類は全部ケースにしまって壁際に並べてあった。それまではこうしてそのへんに転がしたように置いてあって、私はいっそう去年から今日までの三郎の方が嘘か幻だったような気がしはじめた。以前と同じ、より長く知っている三郎の姿を目にして、少々落ち着きはじめてもいた。昨日の居酒屋の店員とか、三郎のお父さんからかかってきた電話の方が現実ではなくて、なんなら料理人をめざしたここ一年ちょっとの三郎も現実ではなくて、なんにも変わらず、こいつはずっとここにいたのではないか。

　あるいはそんな幻想譚みたいな話ではなく、三郎が、自分の手で、全部なかったことにしたのかもしれない。料理人になるのもやめて、部屋を元のように散らかして、また音楽をはじめるのかもしれないし、音楽でも料理でもない、別の何かを見つけて、また一心不乱に打ち込みはじめるのかもしれない。

　歩くん、トイレ大丈夫？　ちょっと俺、風呂入るわ。

そう言って三郎は台所で服を脱いで、玄関の手前にある風呂場に入っていった。この部屋の風呂とトイレは、やけに広くて石のタイルが敷かれた風呂場に、和式便所が備わっていた。部屋が六畳なのに、風呂場も六畳くらいあって、どういう事情であんな変な風呂場ができあがるのだろうか。浴槽を埋めて便所をつくったのか、と前に訊いたが、三郎は、そう言われりゃ変わってるな、と言っただけだった。ドア越しにシャワーの音が聞こえてきた。

私はひとりでビールを飲み続けて、薄暗い部屋のなかを眺めた。部屋の灯りは日中はつけないでいることが多いようで、日当りの悪いこの部屋は昔からいつも薄暗かった。暗くないか、と私が思っても、主である三郎はいつも平気そうにしていた。二面ある窓のどちらにもカーテンはなかった。前の道路の側に面した小さな窓の下に薄い布団が敷いてあった。さっき三郎が座っていた跡のあるその横には、漆喰の壁に寄ってねじれるように丸まったタオル地の掛け布団があり、それまでそんなものを気にしたことはなかったけれど、そうやって目にすると三郎の実家の部屋にも昔からそのタオルケットがあったのを私は思い出していて、それはきっと三郎が実家から持ってきて今までずっと使っているものだった。その窓の向かい側の壁のスチールラックにはステレオとスピーカー、本やレコード盤などが納められていた。小説や、音楽雑誌も多いが、料理の本もあった。ラックに納まっているよりも、床に積まれ、あるいは積まれたのが崩れ、散らばったりしている本や雑誌、ＣＤの方がずっと多かった。今日は部屋では何の音楽もかかっていなかった。窓からは、少し離れた場所から届く蟬の声と、時々通る電車と踏切の音が聞こえてきた。

合板の小さなローテーブルがひとつ置かれて、今その上には飲みかけの二本を含めたビールの缶が六本汗をかき、吸い殻のたまった筒型の灰皿、マルボロの箱とライター、三郎の携帯電話が載っていて、テーブルはそれでほとんど隙間がなかった。私の尻の下にはつぶれたクッションがあるが、そのクッションの下にも何かがもぐり込んでいる感触があって、クッションをどけてみると柳刃包丁が出てきたので驚いた。包丁を台所に戻して、危険な物を踏んづけないよう慎重にクッションのところに戻って、あらためてがらくたを敷き詰めたような床を観察すると、カセットテープやギターの弦、裸のＣＤなどに混ざって、小銭や紙くず、乾いた米粒や、酒瓶の蓋、それから石や木片、貝殻なんかも落ちていた。それらをざらざらとよけたり、放り投げたりしていると、漫画週刊誌の下から前にこの部屋に来た時に三郎がかけていた学生服姿の清志郎のＣＤが出てきた。私はそれを手にとって眺めながら、もう帰ろうかと思った。

とりあえず三郎は死なずに生きていたのだから、それで今日ここに来た目的はじゅうぶん果たされた。高校の頃や、大学生の頃は、こうしていきなり互いの家や部屋を訪れて、だらだらとくだらない話をしたり、あるいは何にもしゃべらずにてんでに本を読んだり、音楽を聴いたり、酒を飲んだり、何か食べたり、そのうちに寝てしまったり、茫洋とした時間を過ごしたものだった。今いる三郎の部屋は、まさに、その頃の三郎の部屋だったし、あるものや散らかり方は違っても、実家の私の部屋だって、前に住んでいた要町の部屋だって、昔は同じようなものだった。目白にある今の私の部屋には、週に何度か奈緒子が泊まりにもくるし、学生の頃にむやみやたらとあった本とかCDはだいぶ処分して、もっとずっとものが少なく、その代わりに少ない給料のなかから少しだけ背伸びをした家具とか、洋服とか、奈緒子が好きで、それまで私は全然興味がなかったが食べてみたらだんだん好きになったチーズだのワインだのといった酒や食べものがあった。

三郎は、人生を数年前に巻き戻すようにして、またこんな部屋で、だらだらと過ごすことにしたのかもしれない。もちろんずっとそんなことはできないだろうが、当面のところ、そうしようと決めたのかもしれない。それは三郎の勝手だ。貸した金が、ちゃんと返ってくるとは私は最初から期待していない。金はだから、返ってこなくても構わない。けれども、すまないが私は学生時代のような時間にはもう戻れない。私は自分のビールを飲み干した。風呂場のドアを開けて、こちらに尻を向けて髪を洗っている三郎に、悪いけど用があるから帰るね、と言った。

三郎は、何か聞き取れない返事をした。

ビール、残りは置いとくから飲んで。あとこのCD借りてくね。

三郎は向こうを向いて頭を下げたまままた何か言った。私は風呂場のドアを閉め、三郎の部屋を出た。まだ日は高く、電車で帰ろうと思ったが、なぜかさっき歩いてきた方に足が向き、また汗をかきながら歩きはじめた。

今過ごした時間が、すでに断片的にしか思い出せず、さっきまで目の前にいたはずの三郎の髪が、かつてのように腰のあたりまでの長さだったような気がしてきて、しかし春に会った頃は短く刈っていたから、数か月のあいだにそんなに長くなるはずはないと思い、しかし部屋にいた三郎の姿を思い返すとやはり以前の髪の長い三郎で、最後に風呂場で見た後ろ姿もあの長い髪が濡れて海藻のように垂れ下がっている姿だった。自分の見た三郎の姿が定まらず、と言ってもう部屋に戻る気になど全然ならず、私はそのまま歩いて家に帰った。

*

七見歩です。私がアパートで会った三郎は、本当に三郎だったのか。

私はあの日、三郎のアパートから帰ってきて調子を崩し、熱を出して二日ほど寝込んでしまった。奈緒子が看病にきてくれて、行きも帰りも歩いたと言うと、この暑いのに馬鹿じゃないの、と怒られた。熱中症だろうと言われて会社は一日休んだだけで済んだが、おかしなことにはその後も三郎の失踪は続いていた。

一日休んで出勤した夜、また三郎のお父さんから電話があった。お父さんは、東京に出てきていた。三郎の会社、そしてアパートの大家さんのところに顔を出してきたと言う。依然三郎は店に出勤せず、アパートにも戻っていない、連絡もつかず何の手がかりもない、とのことだった。お父さんに、その後三郎から連絡などないか、友達などから何か聞き出せたことはないか、と言われ、アパートに行った話をしかけたけれど、私はもうあの日自分が三郎を見たことを自分で疑いはじめていて、勤め先の居酒屋に行ってみたけれど特に手がかりになるようなことはなかった、とだけ伝えた。お役に立てずすみません。前に電話で話した時、仕事が大変だとは言っていたんですが。

お父さんは、今晩ひとまず名古屋に帰ると言う。疲れた様子だった。もし三郎から連絡があったら教えてほしい、と自分の携帯電話の番号を私に教えた。今週いっぱい戻ってこなかったら、警察に届けを出そうと今日会社の人間と話してきました。

そうですか、と私は応えて、何かあればすぐにご連絡します、と言って電話を切った。

三郎の居場所がわかったのはそれから約ふた月後の十月だった。三郎は秩父のうどん屋でうどんを打っていた。

＊

七見奈緒子です。私は七見歩の妻だ。その頃はまだ夫の歩と結婚していなかったが。

歩の幼馴染みの片川三郎が失踪して、歩も、片川三郎の家族や勤め先の人間も、すぐに戻ってくると思っていたようだが、結局彼は二か月間、行方がわからなかった。

三郎の父親が警察に捜索願を出したのは、彼が職場を無断欠勤してから三週間後だった。すでに立派な失踪事件であり、行方不明者のように思えるけれど、そんなふうに家出をしたり、家族や友人の前から姿を消してしまう人は、たくさんたくさんいるのだそうだ。警察の人は真摯に、丁寧に届けを受け取るのかもしれないけれど、事件性が疑われなければ、熱心な捜査など行わない。届け出の際、三郎の父親に付き添った歩が、職場である池袋の居酒屋での勤務にストレスを抱えていたらしいと話したことも、警察の心証を単なる職場放棄、居酒屋の女店員の言葉で言えば、さぶちゃんばっくれたんじゃね？　みたいに軽く思わせる一因になったのかもしれないし、そんなことにかかわらず、よくある家出の一件として、特別な対応の必要ない案件として処理されたのかもしれない。そしてその後起こった出来事のおしまいから考えれば、実際その通りでもあったのだから、警察の対応も、あの女店員の言葉も、間違いではなかったのだ。

携帯電話の電波の追跡とか、銀行のキャッシュカードやIC定期券の利用履歴を調べれば、失踪時の三郎の動向がつかめるのではないか。しかし銀行や鉄道会社は警察の要請なしにそういった情報は開示できないのだという。そもそも三郎の家族が捜索にあまり熱心でなかった。探偵事務所などに依頼してはどうか、と歩が提案しても、三郎の親はそんな必要はない、と息子の親友の提案をあっさり切り捨てた。

冷淡だな、と私は思ったが、歩も、三郎は自分の意志でどこかへ姿をくらましたのだと思う、と言っていた。三郎を知っている人は、特に昔の三郎を知っている人は、そう考えると思う。親からはほとんど縁を切られてたし。お父さんたちは、事件を起こしたりさえしなければ、どこで何をしても好きにすればいいって思ってるんじゃないかな。

冷たくない？　と私が言うと、歩は、まあ、三郎もこれまで散々勝手して心配かけてきてるし、無理もないと言えば無理もないような、といつだってはっきりしない態度なのだった。

歩も、迷惑かけられた？

かけられてるじゃん、こうやって。

まあそうだね。でも怒ったりはしないじゃん。

こんなことで怒ってたら三郎と友達でいられないし。昔はこのくらいのこと日常茶飯事だったんだから、と歩は子どもの頃に散々三郎に振り回されたり巻き込まれたりした話をした。それらはこれまでにも聞かされたことがあるものもあれば、はじめて聞くものもあって、三郎がスーパーで万引きしたお菓子を歩が返しに行って自分が犯人扱いされて怒られたとか、だいたいそんなような話ばかりなのだが、じゃあ歩は三郎の子分みたいにして損な役回りを押し付けられていたのかというと、そういうことでもないらしく、三郎について話す歩からはいつも三郎の保護者のような印象を受けた。三郎がどう考えているか、一度も会ったことのない私には考えが及ばないけれど、歩はたぶん、三郎を自由にさせつつも、取り返しのつかない間違いだけは起こらないように注意深く見張っていて、危ないと思ったら引き戻す、ずっとそんな関係だったのではないか。堅物の両親と出来のいい兄たちのなかで、そこに馴染むことを拒んだ三郎のよき理解者が歩だったのであり、歩にもきっとその自負があって、それがふたりの微妙な友情のバランスをつくっている。どこまであたっているかはともかく、私はそんなふうに見ていた。冷淡に見える三郎の家族は、向こう見ずで型通りにいかない三郎を、歩のようには理解できないのかもしれない。そしてそれはそれで、つらいかもしれない。

私は群馬の高崎で育って、今も実家に両親がいる。両親はふたりとも中学校の教師で、職場でどんな教師だったかはよく知らないが、自分の子どもに対してはつまらないことしか言わない人たちだった。私から見れば。両親が私に言うことはたいていすべて、標準的と呼べる生き方のなかのなるべくよい席をあなたが占められるように、という方針のもとにあって、それは親心には違いないけれど、卑小であるとも思った。ふたつ上の姉は学校の成績はいつも中の上くらいだったが、素行がよく人当たりもいいので、教師にも友達にも好かれて、東京の女子大を出たあと地元に帰って地元の小さな企業に就職し、今は結婚して仕事をやめ、子どもをふたり産んで実家の隣街に住んでいる。それが親や姉にとってどのくらい理想に近い生き方だったのかはわからないし、現実がそこにあれば理想との比較なんて関係なく、姉が幸せそうに生きていればそれでいいし、ふたりの甥と姪が私はかわいくて愛おしくてしかたがない。私には姉の気持ちも、両親の気持ちも、理解できないけれども、姉の結婚式で、私は姉と両親の姿を見てこの家族のもとに生まれ育ったことに感謝と感動を覚えて泣いた。私は誰の結婚式に行っても泣いてしまう。どこの家庭も、どこの親子も、大抵はつまらない狭い料簡のなかで生きていて、しかし現実がそこにあればやっぱりそれだけで感動する。そこには長い時間と、その時間のなかで過ごした様々な、本当に様々な感情や行動が、間違いや許しがある。それで私は泣いてしまうし、その片川三郎の結婚式があれば、私はやっぱり泣いてしまうだろう。

私と歩は、結婚式は挙げていない。ふたりとも安月給であまりお金がなかったし、歩の両親も、うちの両親も、援助するから簡単にでもやったらどうかと言ってくれたけれど、人の式に行くのは好きでも、自分の式には私は興味がなかった。歩が三郎に貸したお金は、まだ全額は返ってきていないけれど、それはそのこととは全然関係ない。

歩の考えている本当のところは私にも簡単に理解はできない。三郎にお金を貸していると聞いた時も、歩が三郎に対してそうすべきだと思ったのならそれでよかったのだと私は思った。ただ、貸したのであれば時間がかかってもいつかは返してもらうべきだとも思ったから、そう言った。そうだな、と歩は言った。それはゆくゆくは私と歩の老後を支えるお金になるかもしれないんだし、と冗談めかして言い、それも本音ではあるのだけれど、なにより三郎がそれを返さぬままで、これまで通り歩と三郎のふたりが同じ関係を維持できるのかが私には疑問だった。ふたりだけなら、五十万程度の金で関係は変わらないかもしれない。だが、これから先、歩には私がくっついてくる。まったくふたりだけにさせることはたぶんできない。私がどうしていようが、歩は自分のことを考える時、私が一緒にいる自分のこととして考える。きっとこれまで歩が考えてきた自分や、自分と誰か、という関係と、これからは同じではいられない。ただ私は、歩がこれまで大事にしていたものを手放す原因にも、一因にも、なりたくなかった。勝手かもしれないが。

三郎の勤め先の店に行った翌日、三郎のアパートを訪ねていった歩が、部屋にいた三郎と会ったという話を聞いた。その日熱中症になって寝込んだ歩が言っていたから、はじめは夢の話でもしているのかと思った。ところが熱がひいてからも、部屋に入って三郎と会った、ビールを飲んだ、ＣＤを借りてきた、などと言い、そのＣＤを実際見せてくれたりもしたのだが、私にはそれが三郎の部屋にあったものなのかどうか確認しようがない。こんな曲なんだ、とそのＣＤを聴かせてもくれて、おもしろい、いい曲だね、と私は言ったが、それが何かの証明になるわけではない。

歩自身も、どこか自分の記憶に確信を持ちきれないらしく、それがために三郎の父親にも、警察にも、そのことはひと言も言わなかった。もし本当だったなら重大な証言だが、それを言ってどうなるか考えてみたところで、失踪していた三郎がその時だけ部屋に戻ってきていて、また再び失踪したのだ、と納得はしがたいが状況的にはそう考えれば一応の説明はつく、というかそうとしか説明のつかない事態が推定されるだけだ。さらには歩が、その時会った三郎の髪の毛が、料理学校に行く前の腰まである長さだった気がする、そうだった気がしてならない、と言いはじめ、そうなるとこちらもいくらか付き合いきれない気持ちになってきて、じゃあもうお化けだったんじゃないの、などと言えば、やめろよ、縁起でもない、と歩は怒って見せ、それから、やっぱり夢だったのかなあ、と情けない顔になるのだった。

家族が捜索願を出して以降は静観の構えをとった一方で、思わぬ執着を見せたのは三郎のアパートの大家夫婦の万田さんだった。

三郎が住んでいたのは、退去時に次の住人を紹介しなくてはならないという変な規則のあるアパートで、そうやって不動産屋を介さないで住人を入れているから、三郎の失踪で空き部屋が出て困ってしまったらしい。つまり家賃収入がその分途絶えてしまう。そんなもの一度不動産屋に仲介を頼むとか、そのへんに張り紙をするとかでもすればよかろうに、と思うけれども、なにかこだわりがあるのか、あるいは後ろめたい事情でもあるのか、大家は片川の知り合いを探しては空いた部屋に住まないかと掛け合っているらしかった。

どこから連絡先を聞いたものやら、歩のところにも急に万田夫人から電話がかかってきたと言う。片川さんが見つかって帰ってくるまで別荘のようなつもりで使いませんか、三万円のところ一割引の月二万七千円でいいです、片川さんの無事を祈って、といい加減な誘い文句を聞かされたという歩が、しかしそれを引き受けたと言うので私は驚き呆れた。

当時私が笹塚に、歩が目白にそれぞれ住んでいたのだけれど、歩が三郎のアパートの部屋を借りることにしたのを機に、ふたりともマンションを解約して西武池袋線の中村橋駅の近くにふたりで住む部屋を借りることにした。その三郎のアパートがあった東長崎から四駅ほど西に下った街で、前々から計画しつつも引っ越し先の決め手を欠いて滞っていた同居話が、三郎のアパートの一件で進展したとも言えた。そんなわけで、私と歩にとって、三郎の失踪事件があった二〇一〇年の夏は、ふたりで一緒に住みはじめた夏でもある。

賃借人の名義は三郎のまま、又貸しされるような形で二か月だけ家賃を払っていたが、歩はその間ほとんど部屋に行くことも、泊まってくることもなかったから、単に家賃を肩代わりしていたのと変わりなかった。仕事もあったし、自分たちの引っ越しも決めたから、休みの日も物件を見に行ったりしてばたばたしていた。二万七千円とはいえ毎月無駄にお金を払うのはどうなの、ともちろん私は思ったが、三郎が帰ってくる場所を残しておきたいという歩の気持ちはわかったから、ずっと続くようならばともかく、ひとまず私はそのことについては何も言わないことにした。

私は私で、歩と一緒にいるということは、まったくのふたりきりになれるのではなくて、そうやって周りがやきもきするぐらいに三郎という変な友達を大切にせずにはおれない人と一緒になるということだ。

私は二十二の時、一度結婚をしている。二年ほどで別れてしまったその相手との結婚生活を振り返りはじめると長くなりますけどどうしますか。やめときますか、今は。別にすすんで話したいわけじゃないし、すすんで話すようなことでもないし。

さっき、歩と結婚式をあげていないと言ったけれど、それは私が再婚だからというのも大きな理由だった。別にそれを隠そうとしていたわけではなかったのだけれど、離婚歴というのは知らない人に切り出すのが難しい経歴で、必要もないのにわざわざ伝えておくのも変だし、とはいえ、案外と自分の人生や生活のあちこちに、かつて結婚していたことや離婚したということの跡や影響が少しずつ残っていたりするもので、黙っていると相手を騙しているような気になってくる。

歩とは仕事で知り合って、何度か顔を合わせるうちにお互いそういう感じを感じとって、私の方から食事に誘った。何度かそうやって会って、歩から付き合ってほしいと言われたのだけれど、私は離婚歴があることをその時まで話せないでいた。そのことを人に話すのにまったく抵抗がないと言ったら嘘になるけれど、特に仕事相手との関係においては、努めて早いうちに自分から話しておくようにしていた。そうすることで自分が思うほど周りがそのことを気にしないこともわかったし、口にすることの抵抗もだんだん少なくなった。けれども歩にはなかなか言い出せなかったのは、やっぱりそれで距離を置かれるのが怖かったからだろう。

歩から交際の申し込みを受けて、私はそのことを歩に伝えた。気持ちは嬉しいし、自分もそうしたいけれど、もし気がかりが残るのなら考え直してくれていい、と私は言った。歩は、それは気にしないし、もしかしたらそうじゃないかなと思っていた、と言った。

単に経歴としての話なら、日本でも離婚なんてもうそんなに珍しいものではないから、これから先はもっと単なる失恋のひとつみたいに、気楽に人に話したりできるようになったりするのかもしれない。あるいは言わないでおいてもそれを隠しているみたいな気にならずに済むようになるのかもしれない。少なくとも友達や同僚が離婚したぐらいで驚いたり騒いだりする人は、同年代ではほとんどいない。けれど、そんな経歴のことはどうでもよくて、それが離婚だろうと、婚姻関係のない失恋だろうと、簡単に話せないような後悔とか反省とか、怒りとか憎しみとかが人の経験には必ずあるでしょう？　履歴書の項目みたいなものじゃなくて、離婚した人ならその離婚に至る経験のなかに、いろいろな感情とか出来事が、一色に染められない濁ったいろいろがあるものでしょう？　それは他の人には、すべてはわかりえないものでしょう？……ほら、長くなってきちゃった。やあね。

とにかく、私はわがままでそんなに頭がよくもない。だから、あんまりなんでもかんでも思うに任せず、ここは大事だぞ、というところだけは他人が何を大事に思っているかを考えようって思っている。何を考えているかわからなかったり、理解できなくても、その人が大事だと思っていることが何かあって、それを私が簡単に否定したり、傷つけたりしないようにしよう。もちろん、いつもいつもそんなふうにできるわけじゃない。ふだんは、口が悪いし、怒りっぽいし、自分勝手なこともするのだけれど、ここは大事だぞ、っていうところでは、気をつける。要するに、そういう失敗をしてきたから、もうしたくないということ。そして歩の三郎への謎の友情みたいなものは、文字通り謎で私にはわからないけど、わからないからといって簡単に否定したりしちゃいけないと思っている。

休みを合わせて内見に行き、中村橋駅から徒歩十分ほどのところのマンションに引っ越し先を決めた日、歩が三郎のアパートはそこからも歩いて十五分くらいだと言うので、散歩がてら歩いて行ってみることにした。歩は方向音痴で地図が読めなくて、歩きはじめたら全然十五分では着かず、一時間くらいかかったのだけれど、新しい生活がはじまる気分とともに、これから暮らすことになる街を眺めながら歩く散歩は、素敵だった。私たちの新しい家から、こうしてどこへでも道はつながっていて、どこまでも歩いていけるんだと思った。

はじめて見たかたばみ荘は、聞いていた話に違わずおんぼろで、私は思わず大笑いしながら、うおーぼろい！　と叫んでしまい、歩に、住んでる人に聞こえるよ、とたしなめられた。日に焼けてほとんど白に近い薄黄色をしている外壁は、モルタルがあちこち浮いたり剝がれ落ちたりして、ところどころ下地の木材のようなのがのぞいていた。ひび割れからは薄茶色い染みが層をなして広がり、そこに積年の汚れと中途半端な補修跡なども重なって、迷彩柄のような建物の前面に、全体を覆う錆を隠すように赤茶色のペンキが塗られ、そのペンキが剝げて結局錆が表面を覆っている鉄階段が架かっていて、これも今にも壁から外れて倒壊しそうで、階段が倒れたら一緒に建物もこっちに引き倒されてきそうだった。

そんな階段を恐る恐るのぼって、二部屋あるうちの手前にある三郎の部屋に入ると、室内も外観からの期待を裏切らぬ古さと汚さだったが、部屋がだいぶ散らかっているせいでいっそう汚く感じた。熱気がこもっていた。

これ全部三郎くんのものなの？ と私が訊くと、そうだよ、三郎の部屋だからね、と歩は言って、二面ある窓を開けた。私は玄関に戻ってドアを開け、風を通した。風はなく、涼しくはならないが、それでもいくらか空気がよくなった。

歩がいったんこの部屋を借りることにした時、歩が三郎の父親にその旨を伝えると、父親ははじめ、申し訳ないから家賃はこちらで払うと言った。でもそれは本心ではない。歩は、三郎の父親が部屋の解約の件で大家とさんざん揉めたのを知っていた。退去するなら次の住人を紹介しろ、と言い続ける大家に父親が怒るのも無理はなく、父親が大家にこれ以上かかわり合いたくないことはわかっていたから、引っ越し先の入居までの間借りられれば自分もなにかと助かるので、とかなんとか説明をし、懸案の次の住人の紹介もこちらで引き受ける、と言うと父親はそれ以上なにも言わず、そちらがそれでいいなら好きにしてくれて構わない、と言った。それで歩は三郎の部屋を私物も含めてそのままにしていた。

前来た時もこんなだったの？ と私が訊くと、前って八月？ と歩は訊き返したので、三郎くんのお化けがいた時、と言うと、歩は、それ言うのやめて、と怒った顔をした。

でもこんなに散らかってるのをそのままにしておくなんて、ほんとに死んじゃった人の部屋みたいで、もう戻ってこない人の記憶を少しでも残しておこうとするかのようだ。私がそう言うと、歩は黙ってしまった。

私は、踏み込んではいけないところに踏み込んでしまっているかもしれない、大事にしないといけないところで、また間違いをおかしているかもしれない、と思いながら、三郎くんが帰ってきた時に気持ちいいようにここ片付けといてあげたらいいんじゃない、とやっぱり言わずにはおれなかった。私はそんなことを言うのは怖かったけれど、それは本当に思ったし、歩がどう思っていようがぶつけるべき違和感のように思ったから、言った。三郎が好きなように散らかした部屋だ、きれいに片付けたって三郎がよろこぶのかどうかは知らない。けれど、歩がこの部屋を預かっておきながら、元の状態をわざとらしく保っておくことに何の意味があるのか。三郎が帰ってきたとして、三か月なら三か月、半年なら半年、一年なら一年、どこかでそれだけの時間を過ごした三郎が帰ってくるのであって、その時にはもうこの部屋にいた三郎とは違うのだから、人はそうやって変わるのだから、この部屋をそのまま残しておいてもしょうがないんじゃないか。私は続けてそんなことを言ったのだったと思う。

歩は黙って聞いていて、なにか、私にはわからないことを、考えている様子だった。私は間違ったかもしれない、言うべきでないことを言ったかもしれないと思って怖かった。あと冷房もつけず、扇風機もつけていない部屋が暑かった。歩がしばらくして、じゃあ片付けるから手伝ってくれる？と言った。それで、めちゃくちゃに散らかった部屋を、私たちはふたりで片付けはじめた。

大きな荷物があるわけでもない。散らかっているのは菓子パンの空き袋とか、ちり紙みたいなゴミくずと、あとは本とかCD類だったから、捨てるものは捨てて、あとはまとめて整理すればいいだけだった。一時間もすると床の上はきれいになった。湿っぽかった布団は、干すところがなく窓も北向きで全然日があたらないので、思い切って外の鉄階段の手すりに掛けて干しておいた。押入に年季の入った掃除機があったのでそれをかけて、雑巾で床を拭いた。台所のシンクや埃をかぶった食器類を掃除して、冷蔵庫の中に残っていたものは全部ゴミ袋にまとめた。なぜか冷凍庫に大量の鶏肉があったので、それは残しておいた。歩は、はじめこそ迷っているような、浮かない顔つきだったけれど、掃除を進めるにつれていつもの調子になって、私に命じられるがまま、お風呂場とトイレを掃除した。日が暮れかけた頃、部屋は見違えるほどきれいになった。昼に新居を決めてきたばかりなのに、私たちはこれからこの部屋に住むみたいな気になった。

ひととおり掃除を終えると、お腹減った、と歩は無邪気に言った。さっきまでの重苦しさが歩からなくなっていて、私は間違ってなかったと思って、安心した。

私たちは、ふたりで駅まで歩いた。駅のまわりにはお店もいろいろあって、どこかで食べてもよかったけれど、駅の横にあった西友でお惣菜やお寿司を買い、お酒を買い、かたばみ荘に戻ってきた。小さなテーブルに買って来たものを並べ、ビールを開け、扇風機を回しながら、食べた。ちょっと座り直すと床や壁がぎいぎい鳴って、踏切の音が外から聞こえてきて、アパートの他の部屋から、足音や、くしゃみや、テレビの音、お風呂やトイレの水の流れる音が聞こえてきた。誰かのおならの音も聞こえた。トイレが変でびっくりした。お風呂場に、間違って和式トイレがくっついたみたいだった。

ビールとワインを飲みながら、お寿司に唐揚げ、餃子、ミックスナッツにチーズ、冷凍庫にあった鶏肉を少しもらって適当に焼いてみたらこれもおいしかった。取り合わせも何もめちゃくちゃだったけれど、私たちは楽しく、おいしく、その晩の食事を過ごして、酔っぱらってしまったのでそのままその日はその部屋に泊まった。夜になっても、部屋はあちこちでぎいぎいと音を立て、電車も走っていき、どこかの部屋の人が立てる音が聞こえた。昼間階段に干した布団は、ひと組しかないのでそれにふたりで寝た。狭かった。歩がこの部屋に泊まる時は、布団を横に使って、背中だけ布団に載せて三郎と並んで寝たと言った。

私と歩が籍を入れたのはそれからだいたい四か月後、その年の年末だったけれど、私たちにとってはその日が結婚記念日みたいな気もしていて、忘れられない日になっています。

*

七見奈緒子です。秋になって、歩のところに三郎のバンド仲間だった田村という人から電話がかかってきて、三郎は秩父のうどん屋にいる、と言った。なんでいきなりそんな人が歩に電話をかけてきたのかというと、例によってかたばみ荘の大家の万田さんが一枚嚙んでいた。田村は三郎の失踪当時にも心配してかたばみ荘を訪れていたそうで、その後も時々大家のところに何度か状況を問い合わせていた。三郎は行方不明のままだったが、大家から三郎の幼馴染みが部屋を引き継ぐことになったと聞き、何度か部屋を訪ねてみたが、歩はほとんどかたばみ荘にいなかったので会えず、大家に連絡先を教えてもらって電話をしてきたのだという。田村は歩のことを知らないが、歩は何度か三郎のバンドのライブに行っているから田村のことを知っていた。

ああ、あのタムラックスさんですか！　と歩が電話口でやけに嬉しそうな声で言っていて、なんだよタムラックスって、と思ったら、バンド時代の田村の名前だった。

さっきの電話の人がドラムのTam-luxで、三郎がSub-lowで、このタキシードの人が馬場弟で、こっちの上半身裸の人が馬場兄、と三郎のバンドのCDを持ってきて写真を見せながら私に説明してくれた。写真を見て、なんだか見た目も名前もばらばらなバンドだね、と私が言うと、うん、やってる音楽もいつの時代のどこの国だかよくわかんない曲だったよ、と言った。

タムラックスは、側頭部を剃り上げて頭頂部だけ伸ばした髪を後ろに流しており、なにかカンフーの達人みたいだね、と言ったら歩も、そうだね、と言って、なんだか仮装パーティーみたいだね、と笑った。けれどすぐに難しい顔になって、三か月ぶりに三郎の消息らしきものをつかんで、しかもそれが思いもよらぬ秩父という場所だったことで、興奮と安心と不安が混ざったような、落ち着きのない様子だった。

池袋駅の東口で待ち合わせた田村は、ＣＤの写真で見たタムラックスよりも、少し太って、しかしそのせいもあって想像していたよりもずっと人なつこく柔和な印象だった。

　あ、どうもー田村です。この度はすいません、と名刺をくれたが、私も歩も休日なので会社の名刺を持ち合わせていなかったし、この人に会社の名刺をわたしてもしょうがない。

　池袋発の特急西武秩父行きは、少し早い紅葉見物か、行楽客らしい中高年でほぼ満席だった。全席指定席だから、田村があらかじめ予約しておいてくれた座席券を兼ねた特急券がなければ、普通列車で秩父まで行かないといけなかったかもしれない。そしたら二時間くらいかかる。田村は、特急改札に入る直前になって、あ、ちょっと待ってて、と駆け出し、売店でビールを買ってきた。

　席を見つけると田村は早速座席を回転させて、対面のボックス席にした。そして私と歩の向かいに座って、ま、どうぞ、とビールを差し出した。

　あとから乗ってきて四人掛けのボックスにひとり混ざることになったおじさんにも田村はやけに馴れ馴れしく話しかけてビールを渡し、よかったらこれもどうぞ、と揚げせんべいや柿の種などをまめまめしく配るのだった。相席になったおじさんは横浜からひとりで来ていて、日帰りの秩父観光に行くそうだった。私と田村も三郎の失踪事件の顚末をおじさんにおもしろおかしく話して聞かせたりして、そのおじさんも酒が入ってだんだん気安くなってきて、日頃の地誌研究や秩父の有名な祭りの蘊蓄《うんちく》などを得意げに私たちに聞かせた。歩もビールを飲みながら適当に相槌を打ったりして話に混ざっていたが、乗り切れない様子なのは当然三郎のことが気がかりだからで、けれど歩がこういうふうにみんなが楽しくしている場でひとり醒めたりぐずぐずしがちなのは常からよくあることなので、放っておいて大丈夫。私はすっかり旅行気分になっていた。

特急列車は、私たちがさっき出てきた家のあたりなどとっくに過ぎて、埼玉に入り、だんだんと畑や林が増えてきた。さらに行くと山里の景色が増えてきて、私は実家のある高崎に似ている、と思った。

でもそのお友達が見つかってよかったですね、とおじさんは言った。こうしてはるばる探しに来てくれる友達がいるのだから、人望のあるお方なんでしょう。

いやいや、おじさん、と二本目のビールを飲んでいた私は言った。単なる迷惑野郎ですよ。おかげでこうして、せっかくの休みに秩父くんだりまで出張る羽目になってまったくもう！　迷惑迷惑！　飲みつけない昼酒に、電車で遠出している興奮もあって、私はだいぶ酔っ払っていた。

でも、どうでもいい奴だったらそうやってわざわざ会いにいかないでしょう？　この人はね、幼馴染みだから、と私は隣にいた歩の肩を叩いた。奈緒ちゃん、ちょっと飲み過ぎだよ、と歩は言い、すいませんね、とおじさんと田村に謝った。私は、歩のそんな態度がちょっと気に障ったんだろう。意地悪な気持ちが湧いてきて、私、あんまり三郎三郎言うから、はじめこの人ゲイなんじゃないかと思ってたんですよお、と言った。おじさんは、そうですか、と穏やかに笑い、歩はまた眉をひそめて、奈緒ちゃん声が大きいよ、周りに迷惑、と言った。田村もにこにこ笑っていた。

田村がゲイなのは会った時からなんとなくわかったから、私は酔いに任せてあえてそんなことを言ったのだけれど、特に変な空気になることも、田村がそれを機にカミングアウトすることもなく、私の発言はそのまま流れた。余計なことを言ったかもしれない。けれど、余計でもなんでもなかったかもしれない。言ってしまったものはしようがない。

秩父に着いて、駅でおじさんと別れた。私たちはそこからバスに乗る予定だったが、バスの時間まで三十分ほど時間があり、田村は売店でまたビールを買ってきた。西武線と秩父鉄道をつなぐアーケードのベンチに座って、観光客や地元の人たちが歩くのを見たり、店に並んでいる土産物を眺めたりした。私はビールは断わって、自動販売機でお茶を買って飲んだ。そろそろバスが来る時間になり、歩がトイレに行って、田村とふたりきりになった時に、私は田村に、歩とは年末に籍を入れようと思っていて、私、離婚歴があるんですよ、と我ながら不自然な告白をした。田村は、ああ、おめでとうございます、と言った。奈緒子さんはおいくつですか？私が、え？　と訊き返すと、あ、女性に失礼か、と田村が言ったので、いえいえ全然、と返し、八二年生まれで今年二十八になると言った。あ、一緒だ、と田村が言ったので私は驚いた。もっと年上かと思っていた。老けてます？老けてるよお……とか言ったら失礼ですよね。でも、正直十ぐらい上のつもりで話してました。ごめん。田村は、よく言われるんだ、と柔和な口調で言い、じゃあ二度目の結婚なんだ、と私の話に戻して、いい旦那さんじゃないですか、と言った。

今日会ったばっかりで、そんな知らないでしょ、と私は言った。田村は、まあそうだけど、わかることもあるじゃないですか。あ、この人は絶対悪い人じゃないな、とか、この人は好きじゃないな、とか。

まあそうね。

あと、この人にならどんなひどいことされたり、ひどい騙され方しても構わない、って思うとか。

そんなことあります？

ああ。でも、ひと目惚れとかそうじゃないです？

ひと目惚れとかそうじゃないです？

まあ、そんなにないよね。

でしょ。ぱっと見ていいなって思う人はそりゃいるけど、そんないきなり、雷に打たれるみたいなことって、ないでしょう。

そうかもしれないですね。

田村さんは、嘘をつきますか？　よく。

そうですね、結構つくかも。

私もです。

でも、これは嘘でなくて、旦那さんはいい人だと思いますよ。

知ってますよ。

ひと目惚れよりも、だんだんだんだんだん好きになった方が、戻れなくなる、深手を負うっていうこともある。

なんでこれから結婚するっていう人に、そんな不吉な予言みたいなこと言うんですか。

ははは、すいません。いやいや、どうかお幸せに。

私のことはどう思いましたか。

何がですか。

ひと目で何かわかりましたか。いい人だ、とか、肌合わねえな、とか。

この人にならどんなひどいことされても構わない、と思いました。

ははは。

嘘です。信頼できる人だと思いました。

ほんとに？

今話してて、そう思いました。

歩が戻ってくるまでの一分くらいで、私は田村とそんなような話をした。私はそれは忘れられません。

やって来たバスに乗って、駅周辺の市街地を抜けるとすぐに道は山間に入り、駅前は賑やかだったけれど、その路線のバスの乗客は私たちの他に数人いるだけだった。

田村が、音楽関係の知り合いから、秩父のうどん屋で三郎が働いているようだと聞いたのは、その一週間ほど前だった。昔よく同じライブハウスでライブをやっていたバンドのメンバーの知り合いの、当時のライブをよく見に来ていた知り合いが、秩父にドライブに行ってうどん屋に入ったらバーバリアンズのサブローが働いててびっくりした、とのことで、知り合いの知り合いの話だから詳細がよくわからず、それを田村から聞かされても、もうどこまで信憑性があるのか私には全然わからない。そもそも私は三郎と面識がないし。ともかく田村はその知り合いの知り合いに連絡をとって、曖昧な話からその三郎がいるらしいうどん屋を割り出したのだった。

カレーうどんを食べたらしいんだけど、とってもおいしかったそうだから、お店に着いたら食べましょう。ネットの口コミでも、カレーうどんがいち推しだそうです。秩父って、おそばが多いのかなって思ってたんだけど、うどんもなかなかおいしいんですって、と田村は観光ガイドのような情報も押さえていて、私としてはそういうのも小旅行のようで楽しいのだけれど、三郎と親しい田村と歩がそれぞれどんな気持ちで今そのうどん屋に向かっていて、そこに着いたとしてどんな顔で何を言うつもりなのか。それはうどんを食べられるような雰囲気なのか。私にはそれはわからないし、深く考えないようにした。なんなら今日、私は別に同行する必要はなかったのだし、遠慮しようかと思ったぐらいなのだけれど、歩が一緒に行こうと幾分お願い気味に言うのでついてきた。だから、ついてきてやったのだ、という気持ちがないでもなくて、なんか重い展開に巻き込まれて暗い気持ちになるのはごめんだ。彼らと三郎の間のことにはあまり首を突っ込まず、そのような観光気分でへらへらしていよう、そういう気持ちで来ている。彼らの神妙な雰囲気に流されたくない。私はバスのなかで田村に余っていたビールをもらってまた一本飲んだ。

四十分ほど山間のカーブが続く道を走って、歩道に標識が立っているだけのさびしい停留所で下車した。そこから十分ほど歩いた先、小さな川が流れる県道沿いにうどん屋はあった。十数台は停められそうな駐車場と、うどんという藍色ののれんを出した平屋建ての店。駐車場には、手打ちそば、という幟《のぼり》も立てているから、そばもあるらしい。私は努めて気楽に、何食べよっかなー、と言ったが、店に入ろうとする時にふたりを見たら、さすがに意を決するような緊張した顔つきだった。

はたして、三郎はいた。

先客はひとりもおらず、頭に手拭を巻いて客席に座っていた店主らしいおじさんが、いらっしゃい、と言って、読んでいたスポーツ新聞を置いて立ち上がると厨房に入っていった。さぶちゃん、お客さんだよ、と声がして、代わりに奥から片川三郎が出てきた。いらっしゃい、と言いかけて、おお、と驚いた様子の三郎は一瞬たじろいだようだったが、おお、おお、おお、おお、と何度もうなずきながら無意味な声を小さくあげ、そこ、どうぞ、と私たちをテーブルに促して、おしぼりと水を持って来た。紺色の作務衣のような服を着て、同じく紺色のバンダナを巻いた片川三郎は、CDの写真で見るような異様な長髪ではなかったが、バンダナの後ろには肩先まで伸びている髪の毛が見えた。

ほい、ほい、ほいこれ、と小さな声を出しながら、三人の前に水とおしぼりを置いていく三郎はひょうひょうとしていて、この事態をどう捉えているのか私にはわからなかった。けれど、私の隣に座っていた歩が、三郎のその態度に戸惑いはじめているのはわかって、弱々しい顔になってきたので、私は、そらがんばれ歩、がつんと言ってやれ、と内心で思っていると、三郎が私の方を見て、誰？　と歩に訊ねた。

奈緒子さん。今、一緒に住んでんだ、と歩が言ったそれが店に入ってようやく最初の会話だった。

ああ、どうも片川三郎です、と三郎は頭を下げ、こっちは、バンドやってた時の友達の田村くんです、と田村を紹介してくるので私は、知ってるよ、と思い、田村がなぜかそれを受けて半笑いの顔で私に会釈してきたが無視して、どうも、とわざと素っ気なく三郎に挨拶を返した。

で、何食べる？　と三郎が田村の方を向いて言い、俺はカレーうどん、と田村が言ったので、私も、と続けた。三郎は伝票に注文を書き込みながら、歩くんは？　と訊いた。

俺は、と歩は壁に貼ってあるメニューを見回しはじめた。あとビールください、と私は言った。あ、俺も、と田村が言った。瓶ビールでいい？　いいよ。

厨房から、カレーうどんにしときなよ、とさっきの店主がこちらをのぞいて言った。

歩くんもカレーうどんでいい？　と三郎が言い、歩は、じゃあそれで、と応えた。

三郎が中瓶とグラスを三つ持ってきた。田村がすばやく瓶を手にすると、私と歩の分を注いでくれた。私が替わろうとしたが、いい、いい、と田村は自分の分も注いでしまい、じゃ、かんぱーい、とやけに陽気なかけ声でグラスを掲げた。私も、かんぱーい、お疲れさまー、と言ったが、歩はグラスを差し上げながら黙ったままだった。

歩もわからないが、田村もわからない。田村は三郎に対していったい何を言うつもりで今日ここに来たのだろうか。バンド時代の仲間という以外、ふたりの間柄を知らないから、全然わからない。別に何を言うつもりでなく、無事を確認すればそれでいいのかもしれない。しかしそれにしたって電車のなかからずっと、しらじらしいくらいに田村は旅行気分を演じている。私たちをわざわざ誘った理由もよくわからない。けれど、考えない考えない。私は深入りしないで、お気楽に、無責任に、この秋の行楽を楽しめるだけ楽しんで、のれない事態が勃発すれば、さっさと先に帰ったっていい。三郎は死んでなかったんだから、しかもなんだかまじめに働いているようだし、いいことではないか。

これつまみにどうぞ、と三郎が出してくれたきのこの和え物みたいのを、何これ変わった味するね、でもおいしいね、と言いながら食べて、ビールをもう一本頼んで、やがて出てきたカレーうどんもちょっとそのへんのうどん屋で出てくるのと違って、スパイスの香りが強くて、おいしかった。歩もおいしそうに食べていて私は安心した。

田村と歩が先に食べ終わって、私は猫舌なうえもともと食べるのが遅いので、おいしいのだけれども全然食べ終わらない。私だけまだ食べている途中で、三郎が厨房から出てきて、隣のテーブルの椅子に腰かけ、歩くん、借りてる金なんだけど、もう少し返すの待ってほしいんだよ、と言った。

三郎が言い終わらぬうちに、そんなことはいいんだよ、と言ったのは田村で、私はうどんをすすりながら、いや、なぜお前がそれを言う、と思っていたのだが、柔和だった田村の表情が厳しいものに変わっていて、少々身を乗り出してさえいるのを見て、うわーいよいよだ、今日のヤマ場だぞ、と思った。さあ、歩どうする、がんばれ歩、と田村と三郎を半々に見ながらまだ情けない顔をしている歩に内心でエールを送り、うどんはまだまだ熱くて丼にたくさん残っており、ふうふう冷ましながら少しずつ食べ進めていれば、自分がこの状況にあまりかかわらず、傍観するのにちょうどいいと思った。

＊

七見奈緒子です。私はカレーうどんを食べている。

四月に入社して三週間ほど研修期間があり、三郎は五月から件の池袋の居酒屋に配属された。飲み屋だから夜は遅い。たいてい上がりは終電で、家に着くのは一時過ぎ頃。昼に出勤して、仕入れた材料や備品の確認や伝票整理をして、料理の仕込みをはじめる。休みはシフト制で、店長の久森という男と入れ替わりで週二日休みだから、社員である店長と三郎のふたりとも出勤する日は週に三日しかない。はじめの頃は、ひとりで店を仕切らないといけない日の負担や重圧が大きかったが、ひと月もすると、むしろ久森と一緒に仕事をする日の方が憂鬱になった。

久森は、三郎に対して理不尽なまでに厳しくあたった。年は三郎の三つ上でそう変わらなかったが、高校を出てすぐ料理の世界に入ったからキャリアはもう十年になる。三年前に都内の和食料理店をやめて調理師としてこの会社に入社し、これまで何店かで店長を務めてきた。久森は、指導らしい指導はほとんどせず、三郎は、仕込みや事務作業も、キャリアの長いアルバイトスタッフから教えてもらった。ミスをすれば罵倒され、それだけならばまだしも、蹴ったり、物を投げられたりした。わざわざ他のスタッフの前で叱り飛ばし、謝らせたり、三郎の仕込んだ食材を床にぶちまけるなど、屈辱的な仕打ちをするのだった。三郎よりもキャリアの長いアルバイトスタッフが多く、久森は三郎を無視して彼らの方を頼ることで、三郎を意図的に疎外した。

久森は、本社への報告や事務作業といった社員が行わなくてはならない店の仕事を、ろくな指導もしないまま三郎にすべて任せ、その内容に不備や間違いがあるとここぞとばかりに罵倒する蹴る殴る、三郎の仕込んだ食材をぶちまける。肉や魚、野菜が調理場に飛び散る。タンブラーや器が割れる。定期的に訪れる本社のマネージャーに対して久森は、三郎のことを、指導はしているが覚えが悪い、意欲に乏しい、と評した。マネージャーはマネージャーで、久森の言うことを鵜呑みにし、もう少し責任感と緊張感を持って仕事をしろ、などと言ってくる。アルバイトの連中は要領よく持ち場の仕事だけこなして、あとは他人任せだ。本気で客をもてなそうと考えている奴なんかほとんどいない。怒るのはいいが食べものを投げるな。

そんななかでもなんとか仕事を覚えていき、久森のいない日はアルバイトの助けも借りてどうにか店を回せるようになりつつあった八月の頭のある日、三郎は翌日分の食材の発注数を間違えてしまう。次の日三郎は休みだったが、間違いが判明すると久森から携帯に電話がかかってきて、不足分の食材を手配して今すぐ持ってこいと言われた。三郎はタクシーで系列の他店を何店かまわって事情を説明し、材料をわけてもらって池袋の店に届けたが、着いてみると久森はすでに本社を通して業者から不足分の材料の手配を済ませており、三郎が集めてきた分はもういらないと言った。勝手なことをして他の店に迷惑をかけてるんじゃねえよ、今から謝って全部返してこいこのタコ、とタコの足を投げつけられた。

それで三郎はまたさっきまわった各店に戻り、わけてもらった分を返してまわったが、もう在庫調整をしたから戻されても廃棄のリスクが増えるだけで困ると断わられる店もあった。結局半日走り回った末に、宙に浮いた地鶏の冷凍肉十五キロを抱えて、三郎は高田馬場から東長崎のかたばみ荘まで歩いて帰ってきた。

翌日は出勤日で、いつもと同じ午前九時に起きて、シャワーを浴び、パンを焼いて食べ、インスタントコーヒーを飲んで煙草を吸い、十一時に家を出て駅に向かった。晴れて、暑かった。北口から階段をのぼって、改札を通ったところでお腹が痛くなってトイレに行き、個室に入った。用を足しながらトイレのドアを見るともなく見ていると、そうしている自分が自分でないように思えてきて、頭のなかでは全然今の状況にそぐわない、どこかで聴いたことがある気もするけれど今自分が作曲したのかもしれない音頭調の音楽が流れてきて、するとそのベースラインを頭のなかで追いかけて、両手の動きもそれについていく。しばらく楽器を触っていないが、そうやって頭のなかで流れる音楽を、頭のなかで演奏することはある。しかし今はそんなことをしている場合ではなくて、仕事に行かなければならない。

トイレを出て、ホームに降りた。トイレに入った間に一本電車が行ってしまい、次の電車まで十分ほどあった。電車が行ったばかりだから、北口側にある上りのホームは、ほとんど人がいない。向かいのホームはもうすぐ下りの電車が来るようだった。

電車を待つ人がぱらぱらといる。ラッシュの時間ではないし、下り線となればなおさら空いている。と、ホームに見たことのある人がいて、あれ、誰だっけ、と思ったのはほんの一瞬だけで、やせて不健康そうな佇まい、長い髪の毛が腰まで垂れて、てろてろになったAC／DCのTシャツを着て、手ぶらで幽霊みたいに立っている。俺だ、と三郎が思ったところに、黄色い車体の列車がホームに入ってきた。俺はその下り電車に乗って、電車はホームを出ていった。

上り線のホームに残された三郎は、えーおかしいなあ、なんで俺があっちのホームにいるんだ、と思いながらも、あのまま下り線に乗った自分が今仕事場とは反対の方向に向かって、晴れた夏の昼間の空いた列車の車内で窓の外を眺めていると思うと、それは心が安らいで、さっき出てきたかたばみ荘のそばの踏切を通り過ぎて、ずっと工事していたのが最近やっと出来上がったらしい日芸の校舎の横を通って、江古田駅に停まる。東長崎の駅舎が新しくなったのは去年かおとといだったか、今は江古田駅も新しい駅舎になって、新しいのはいいがどこも同じような駅になるから見分けがつかなくなるな、とそんなことを思った。電車は江古田を出て、桜台、練馬へと進んで高架線になる。窓の外の景色は、線路沿いの建物を越えて、高いビルも山もないから、空が見える。と、すれ違う上り列車が風圧と轟音とともに景色を遮った。その音で、下り線の俺がドアの前に立ってそこから外を見ていたのだとわかった。今のは東長崎の上り線のホームの俺が待っていた上り列車だったが、あっという間にそれは走り去って、上り線の線路と側壁の向こうにはまた空が見えた。その手前には家の屋根を敷き詰めたような遠景が遠くまで広がって、そのなかにとしまえんの乗り物が見える。五年もこのへんに住んでいるが、としまえんには一度も行ったことがなかった。別に行きたいわけでもなかったけれど、それこそ今日みたいな日、職場と反対方向の列車に乗り込んで、ぼんやり景色を眺めている俺は、ふらりと遊園地に行ってみるのもいいのではないか。開いてるか知らないが。でも開いてるか、今子どもは夏休みだから。いいな、夏休みか。でもとしまえんに行くには、練馬で豊島園行きに乗り換えなきゃいけなかった。もう列車は練馬を出て、中村橋に向かっていた。

下りホームの三郎が乗り込んだ列車は各駅停車で、所沢が終点だった。それで降りたホームで次に来た列車に乗ってまた終点まで行った。そうやって下り列車を乗り継いで秩父まで来て、駅を出たところに停まっていたバスに乗った。窓の外を見ながら、山間を走っていくバスに揺られていたが、途中で猛烈に腹が減ってきて、しかしあんまり店もなさそうなので運転手さんにどっか食事できる店があるところで降ろしてくださいと言うと、次の停留所で降りて、道なりに少し歩くとうどん屋がありますよ、おいしいですよ、と教えてくれた。

教えられた通りにバスを降り、道を歩いていくとうどん屋があり、考えてみると時間はもう三時過ぎで、開いてなかったら悲しいと思ったけれど、のれんをくぐると客はひとりもいなかったが客席で店主のおじさんがスポーツ新聞を読んでいて、やってますか、と訊くと、うんやってるよ、と言った。

ざるうどんを頼んで食べたら、おいしかった。足りなかったのでおかわりをして、ビールも飲んだ。それにしてもうまいうどんだ。聞けば店主が自分で打っていると言う。

僕は料理人の卵なんです、と言うと、店主がうどんの打ち方をあれこれ話しはじめたりして会話も弾み、いやいろいろ勉強になりましたごちそうさまでした、と勘定を払おうとポケットから財布を出したら金が全然入っていない。昨日、間違えて足らなくなった食材を集めてまわるのにタクシーに乗って、金を使い果たしていたのだった。

正直に店主に言うと、ええー、と椅子にへたり込んでしまった。だってあなた、ビール飲んで、おかわりまでしたのに……と悲しそうな顔をする。申し訳なく思って、どこかお金おろせるところがあればすぐに持ってきますと言ったのだが、銀行もコンビニも近くにはないそうだった。

そんなお金も持たずに、どうしてこんな山奥までやって来たの。

いやそれが僕にもよくわからんのです。

困った人だね、と店主は言って、エプロンを外すと、冷蔵ケースからビールを持ってきて、自分のグラスと、俺のグラスと両方に注いだ。それでビールを飲みながら、どんな事情があるか知らないけど、なにか事情があるんでしょう。それはわかる。ただ、これだけは言っておくよ。あなたも料理人のはしくれなら覚えておかないといけないことだからね。料理をつくって、お代をもらおうって人間が、ただ食いをするなんざいちばんやっちゃいけないことだよ。悪気がないのはわかってる。悪気があってあんなうまそうにものは食えない。私にはわかるんだ。うどんってのは、つるつるっとするでしょう。こう、口をすぼめる。その口元だ。私なんかはね、その口元を見ればその人がどういう人だかわかっちゃうんだ。何かよくないことを企んでるような人は、すぼめた口の端っこに、ちょっとその卑しさがあらわれるんだな。そんな口にはうどんがつるつるっと気持ちよく入っていかないの。もちろん、ちゃんと打ったうどんだからそれがわかる。たかがうどんと思うだろう。こんな山のなかで、たいして人も来やしないよ。でも、ものを食べるってのはやっぱり真剣勝負なんだよ。いや、勝ち負けがあるわけじゃないから、勝負っていうんじゃないかもしれない。ただちゃんとつくってちゃんと食べたらそれは楽しいでしょう。ちゃんとつくらず、ちゃんと食べなければ、それは悲しいでしょう、とこういうわけだ。わかるでしょう。あんたならわかると思うから言ってるんだよ。あんたの口はね、悪い口元じゃなかったから。さあ、飲んじゃおう。飲んで勘定のことはわかんなくしちゃおう。ほら。なんだいなんだい、どうしたの、泣くことないじゃないか。大丈夫だよ。

店主の話を聞きながら三郎は滂沱《ぼうだ》の涙。それでそのままこのうどん屋で修業をすることになったとさ。

*

七見奈緒子です。三郎が失踪の顚末を話している間、私がうどんをすする音、ついでに鼻をすする音、熱くて汗をかいて、はーはーいっている音なども、ずっとしていた。

だいたいそのような成り行きだったのだけれど、もちろんこれは私が覚えている限りの話であって、三郎がその時話していた話とはきっと齟齬《そご》もある。話というのはそういうもので、人が違えば内容も変わる。立場が変われば言い分も変わる。話が少し戻るけれども、三郎が職場で受けていた扱いはたしかにひどい。が、三郎だけの言い分では判断しきれないところもある。殴る蹴るは許されないし、その久森という店長が三郎にとってよき上司でなかったことは確かだけれど、三郎の職場での適応能力や実務能力が未熟だったのなら、厳しい指導や対応は実際必要になってくる。アルバイトスタッフを重用して三郎を疎外したとかミスを叱責したとかいうのも、見方によっては適切な運営とも判断されうるわけで、結局程度の問題であり、怒る側と怒られる側の関係性の話になるのではないか。

と、ひとまず共感しておけばよさそうな知り合いの苦労話にわざわざ幾分引いた視線を混ぜ込んで考えてしまうのは、どちらかというと自分がもう店長側の立場に立つことも多くなってきたからで、同世代の友人と飲んだりすれば、むしろろつかえない部下や後輩をぼろくそに扱き下ろすのを聞いたり言ったりすることの方が多い。しかし今はそんな冷静さは措いておいていい。それに、こうして自分の分身を目撃するまで精神を衰弱させて逃げ出させる職場なんか逃げ出すのが正解だ。少なくとも、逃げ出せたのならそれが正解だ。たぶん歩も同じように考えている。

それはともかく、このうどん屋の店主である加治さんの話に三郎が心打たれたのは間違いなく、その件《くだり》では話している三郎も、聞いている歩も田村も、そしていつの間にか座に加わっていた加治さんも一緒になって涙ぐんでいて、私は当初の方針通り一生懸命うどんを食べ続けていたのだけれど、加治さんのうどんへの熱い思いを聞きながら食べていると、泣きはしないがどんどんおいしく、ありがたくなった。

カレーうどんには、豚肉と玉ねぎときのこが入っていて、食堂やレストランで出るカレーというよりは、インド料理の店で出るようなのに近い、スパイスの利いたカレーで、けれど和風のだしのような味も少しするし、よく見たら胡麻も入ってる、辛いことは辛いけれども、ひりひり食べられない辛さではない、なんというか爽やかな辛さだ、と私は三郎の話に耳を向けつつ味の分析もしはじめて、さっき最初に出てきたきのこのマリネみたいなおつまみの変わった味は、今思えばお酢とオイルで和えたところにクミンかなにかのスパイスが入っていたのだ、あの風味はたぶんクミンだ、と思うと、カレーといい、クミン風味のマリネといい、この店の微妙な南蛮志向はいったいなんなのか、加治さんはうどんだけでなくエスニック料理にも通じているのだろうか。などと考えつつ耳の先で続いていた三郎の話を追っていると、このカレーうどんは三郎がつくったものなのだという。

　この場所で四十年、ひとりで店を続けてきた加治さんの、うどんにかける情熱も、人柄も、大いに尊敬すべきものだったが、いざ働きはじめてみると、加治さんはうどんにこだわり過ぎるあまり他の仕事に手が回っておらず、ご飯の炊き方にむらがあったり、天ぷらの揚げ方がまずかったりと、調理学校を出て間もない三郎が見ても目を覆いたくなる、おざなりなところもこの店には多かった。うんうん、観光地とかによくあるよね、そういう残念な店。カレーうどんも同様で、加治さんが出していたのは、市販のルーでつくったカレーをうどんつゆでのばしてうどんにかけただけのものだった。うどんについてあれだけ情熱的に語る加治さんは、他方、カレーなんて全部同じ味じゃねえか、と言って済ませる。僭越ながら、客足が乏しいのはそういった詰めの甘さが一因なのでは？　そう考えた三郎は、加治さんの蒙を啓くべく、うどん打ちを習って店を手伝いながら、スパイスやカレーの勉強をはじめた。

　なぜカレーうどんか。カレーとラーメンは、味がよければどんな僻地でも客は来る。専門学校時代に講演を聴いた料理研究家がそんなことを言っていた。軽薄そうな信用できない男だったが、そのひと言にはなるほどと思わせられた。そして、それならカレー味のラーメンをつくったら最強じゃないか？　とその時三郎は思ったが、今思えばそれは安直というもので、ここに来てわかった。正解はカレーうどんだ。冷え込む冬はあたたまり、暑い夏には食欲をそそる。夏も冬も客を引っ張れる。それでひと月ほど研究を重ね、加治さんの了承をもらって三郎レシピの新カレーうどんがメニューに加わったというわけで、評判も上々だそうだ。

でもまだ改良の余地があるって言うんだ、と加治さんが呆れたように言った。毎日あーでもないこーでもないって、熱心なのはいいけどよ、こっちはそれに付き合って毎日カレー食わされてるんだよ。苦笑いしながら三郎に目を向けている加治さんは、なんだか息子を自慢しているお父さんみたいだった。スパイスは漢方薬と同じだから、なんてさぶちゃんが言うんだよ、えー本当かよなんて思ってたんだけどさ、なんかほんとに体調よくなったみたいなの、とそう言って加治さんは嬉しそうに腕をぐるぐる回して見せた。加治さんは独身で奥さんも子どももいない。三郎は、ひとり暮らしの加治さんの家に居候しているらしい。

このへんで終われればなんだか昔話みたいで、昔話だったら、めでたしめでたし、で終わりだけれど現実はそうはいかない。つくづく、三郎は手前勝手なことをしたものだ。かたばみ荘の部屋はどうするのか。会社はどうするのか。実家に連絡をしなくちゃいけない。捜索願を取り下げなければいけない。山積する問題を、どのように解決するのがよいか。

なんだい、さぶちゃん、そんな大変なことになってたんだね。おらあ全然知らなかったよ、と加治さんがまた涙ぐんでエプロンで目元を押さえた。

すいません親父さん、と三郎も涙ぐんで、そのあたりで私はやっとカレーうどんを食べ終わった。ごちそうさまでした。

結局、いちばん早くて確実な方法として、それら一切を歩が引き受けることになった。この期に及んで義理も筋もない。三郎がやるよりその方が早く、スムーズだ。歩が三郎のお父さんに連絡して、現況を説明する。警察にはお父さんから居場所が判明したことを伝えて届けを取り下げてもらう。残る会社への退職届けだとか、転居手続だとかは、歩が代理人としてやれることはやる。印鑑や通帳、保険証、年金手帳なんかも三郎は全部部屋に置きっぱなしだから、三郎の許可さえあれば、ほとんどのことは歩が代理人になって進められる。この間うちも引っ越したばかりだから、だいたいやることはわかるし、と歩は言った。

歩くん引っ越したのか。あ、そうか、この人と一緒に住んでるって言ってたね。

この暮れに籍を入れる予定なんだよ。

せき？　ああ、結婚するってことか。

かたばみ荘の部屋は今、彼がそのまま引き継いで住んでるんだよ、と田村が言うと、三郎は驚いて、え、あそこにふたりで住んでんの？　マジで？　と言った。

いや、そうではないと説明して、歩が部屋に残っている荷物をどうするか訊くと、三郎は全部いらないから捨ててくれ、と言う。

捨てるったって大変なんだけどなあ、まあいいや。お前が戻ってこないならもう部屋は解約したいんだけど、問題は、あの大家さんが、次の住人を探してこないと出させてくれないんだよ。

ああ、あのばあさんか。

誰かいないかな、あそこに住む人。

三郎は、じゃあそれは俺が探す、と言った。絶対すぐ見つかるから大丈夫。俺のまわり金がない奴しかいないから。

帰りは加治さんが車で西武秩父の駅まで送ってくれた。店の外に立っているそばの幟を指して、おそばも打ってるんですか、と私が訊いたら、加治さんは、うちはうどんだけ。でもあれ立てとくと間違って入ってくる客が結構いるんだよ、と応えて、車中で私たちは笑った。後部座席で私と並んで座っていた歩も、今日はじめて心から楽しそうに笑っていて、私はよかったと思った。

店の前では三郎が大きく両手を振っていて、田村も私も窓を開けて、三郎に手を振った。反対側にいた歩も、私に乗っかかるように寄りかかって、窓から顔を出し手を振った。私は歩が重くて苦しいと思っていたら、歩の背中越しに見えたサイドミラーのなかで笑っている田村の小さい目と視線が合って、私たちは、よかった、と言い合ったみたいだった。

それから年に一度、同じ時期に私たち夫婦と田村は三人で、加治さんと三郎のうどん屋を訪れていたのだけれど、加治さんが病気をして倒れたのが二年前の二〇一四年。そのまま入院して、翌年あっという間になくなってしまった。私たちは三郎が店を継いだらいいと勝手なことを思ったけれど、後日加治さんの弟さんから、店と土地、加治さんの自宅もすべて売却することになった、と三郎は伝えられた。

それで間もなく三郎はインドにわたって、今も向こうでカレーの勉強をしているらしい。インドのどこだか私はよく知らない。インドだけでなく、ネパールとか、スリランカとかにも行っている。時々帰ってきて、連絡をよこすこともあるし、よこさないでまたどこかへ行ってしまうこともある。一度、うちに来て、向こうで覚えてきた料理をつくってくれた。もちろんうどんもつくってくれた。

と、お聞きになりたいのはそんなところでしょうかね。私は、当たり前ですけど、歩にとても感謝しています。私と一緒にいてくれて。歩も、きっと少しくらいは私に対してそう思ってくれていることがわかるから、私はそれも嬉しい。三郎と私は、歩を通さなければ出会わなかったのはもちろん、きっと親しくなることのない人だったと思う。こう、生きてる世界が違う、みたいな。私はもしかしたら三郎と同じところにいた歩を、自分の生きられる世界に引っ張り込んでしまったのかもしれない、と実は思っていたのだけれど、そうではなくて、三郎がいたから歩があいう人になって、だから私も歩のことを好きになって、そうやって元のところに留まらないで、次々動いて移動していくようなものなんだな、人が生きるということは、と今はそんなふうに考えています。でも私は最近そういう生き方とか、世界とかいうことを考えがちというか言いがちで、歩には、もっと具体的なことを話したり、考えたりしているときの方が奈緒ちゃんらしくておもしろい、と言われるんですが、年齢とか、体調とか、季節によってそういう変化もまた避けられない、移ろっていくものだから自分ではどうしようもないですよね。そんなことないですかね。三郎のことはそのぐらいしか話せることはないですけど、私、まだまだ全然話し足りないんです。もっともっと、しゃべりたい。

＊

峠茶太郎《とうげちゃたろう》です。私は、家から歩いて五分ほどの喫茶店にいた。

この店は、戦後間もない頃からここにあって、二代目のマスターももう六十過ぎで、あまり店には出てこない。店に行くと、たいていはおかっぱ頭のまみちゃんと、アルバイトの学生がひとりかふたりいた。ふたり掛けのテーブルが四つと、カウンターに五席ほどあって、時間帯にもよるけれど、私が行くのは夕方か夜が多くて、その時間はたいていそんなに混んでいなかった。四百円のコーヒーを一杯頼んで、まみちゃんとしゃべったり、本を読んだりして二、三時間過ごす。

社会的身分を問われたら、フリーター、それか無職、ということになるけれど、そもそもあまりそんなことを訊いてくる人はいない。去年から大学の科目履修生というのになって、美術の勉強をしている。だから自分としては学生の気分で暮らしている。週に何日か土方のアルバイトをして、あとは講義を聴きに行ったり、家で本を読んだり勉強したりして、疲れたり、飽きたりしたら気晴らしにこの喫茶店にくる。仕事の日の帰りに寄ることもある。ちなみに今日は土曜日だけど、朝から現場仕事で、その帰り。

　年は二十七。平成元年秋田の生まれ。昔は勉強が嫌いで、ぐれなかったけど遊んでばっかりいた。本当は美大か、専門学校に行きたかったけど、勉強はできないし、家にそんな余裕もなかったから、高校を卒業して地元の工務店に就職した。けれどもそこの社長とけんかして一週間でクビ。詫びを入れて会社に戻れと言ってきた親父とも取っ組み合いの大げんかになって、十八で家を飛び出た。

　なけなしの金で切符を買って、ほとんど着の身着のまま仙台まで出てきて、絵を描くのが好きでそれだけは昔から褒められたから、目についた看板屋の作業場に飛び込んで土下座して雇ってくれと頼み込んだ。子どもの頃から、何かを頼む時や謝る時は全部土下座。親父に怒られたり逆らったりして謝るなら土下座、小遣いがほしい時も、美大に進みたいと頼む時も土下座。高校時代も、まわりは不良ばっかりだったから、けんかに勝てば土下座させるし、負けたらこっちが土下座させられる。看板屋の親方とおかみさんははじめ驚いていたが、ちょうど人手が足りなかったのと、親方が情に厚い人で、事情を話すと俺の熱意を汲んで、見習いとしてそこで働かせてくれることになった。作業場の横の空いている部屋で寝泊まりさせてくれたから、住むところも探さずに済んだ。そこの仕事は楽しくて、親方もいい人だったけれど、働きはじめて一年くらい経った頃、国分町《こくぶんちょう》の飲み屋で女と知り合って仲良くなって、でもその女がヤクザの情婦だった。ある日仕事場に怖い人たちが押しかけてきて、これはもう土下座で済む相手じゃない。間一髪で作業場の裏から逃げたけれど、それでもう仙台にはいられなくなっちゃった。しかたなく、また着の身着のまま、仙台から新幹線に乗って、東京に出てきたのが二十歳の時だ。

それが二〇〇九年。よく人から、人生が昭和風だ、って言われるんだけど、俺平成しか知らないからね。そういう事情があるから、峠茶太郎というのは仮名です。いつヤクザに刺されるかわからないからね。

そう言うと、カウンターのなかでまみちゃんが、またそんな冗談ばっかり、と笑った。

まみちゃんは元々アルバイトだったが、今はマスターからこの店を任されている店長で、まみというのは漢字で書くと目見。苗字はなんだっけ、と私は知っているのにわざと訊くと、木下です、と目見ちゃんが応えた。

いい名前だよね。目見。木下目見。なんかさ、木登りしてる女の子を下から見上げたらパンツが見えた、みたいな名前だよね。

なにそれ。そんなこと思う人誰もいないよ。

あの女のことは一生忘れないなあ、と私は言った。年とって頭がぼけても、あの女のことだけは覚えてると思うな。いい女、って言葉で言うのは簡単だけどさ、すごいんだから。ちょっと言葉を失うようなあれなんだよ。すごいんだよ。すごいパンツはいてるんだよ。名前？　そうだなあ、本名を言うのはちょっと。小夏さん（仮名）ってことにしておこうか。

何を隠そう、私が童貞を捧げたのがその人だ。忘れられるわけがない。知り合った時をのぞいて、ふたりきりで会ったのは三回だけだった。たったの三回。最初会ったのは親方に連れていってもらった居酒屋だったけれど、そのあとは昼間にマクドナルドでハンバーガーを食べたり、美術展を観に行ったり、バーベキュー場に行ったりと、あとから考えればヤクザの行かなそうなところにばかり、小夏さんは行きたがった。万が一でも自分を知る人の目につくわけにはいかなかったのだ。どうしてそうまでして私と会いたがったのか、私は今さらちょっと不思議に思う。

三度目のデート、小夏さんの運転する車で山の中のバーベキュー場に行った帰り、日が暮れた山のふもとの道を走っていると、時々ぴかぴか光るラブホテルの看板がある。私たちはそれをひとつふたつやり過ごしたけれど、そんな山のなかにそういくつもいくつもホテルはない。次見つけたら、次見つけたら、と思いながら私たちは押し黙り、前も後ろも一台も車の走っていない道を小夏さんの運転するベンツが走った。三つ目か四つ目の看板があった時に、小夏さんはとうとうウインカーを出して、看板の矢印が指す小道に車を入れた。

三十もとうにまわった、というかもう四十に近い、当時の俺からしたらずいぶん年上の女だった。それでも、と言うべきか、だから、と言うべきか、二十七になってもまだわからないけれど、小夏さんは信じられないほどきれいで、色っぽかった。それまで私がちょっと思いを寄せたり遊んだりした中学校や高校の同級生の女とかとは全然違う。これもあとから思い返せばだけれど、ヤクザに囲われながら、私みたいな気質の若造と火遊びをする、そんな危うさも彼女にいっそうの色気を与えていたのかもしれない。

茶太郎さん、ここスナックじゃないんで、あんまりそういう話しないでくれますか、と目見ちゃんが言った。

しょうがないじゃない、話しはじめちゃったんだから。ふたりで会ったのはそれが最後だったけれど、まだ続きがある。そこからがいちばんいいところだ。

看板屋にヤクザが押しかけてきた時、私は血相変えたおかみさんに作業場の裏に急いで引っ張っていかれた。おかみさんは私の手に裸の一万円札を何枚か握らせて、早く逃げろと背中を叩いた。私が驚きと恐怖とためらいとで動けずにいると、おかみさんは泣きながら、馬鹿なことして！　馬鹿なことして！　と繰り返し、私の背中を叩いた。私もそれを聞きながら、涙が出てきた。表では、野太い声で、茶太郎はいるかー、とヤクザたちが騒いでいて、私は子どもの頃、祖母の家で見たなまはげを思い出したりもした。悪い子はいねがー、泣ぐ子はいねがー。奴らも悪そうだが、今探されてるのは私だ。鬼は酒を飲ませると帰っていくが、奴らはそれでは済まない。

ごめん、おかみさん、と言って、裏の通りを走って、タクシーをつかまえ、仙台駅まで行った。新幹線の切符を買って改札を入るところで、茶太郎！　と呼ぶ声がして、見れば柱の陰に小夏さんがいた。モナムール！　私は駆け寄って、ごめん、ごめん、とだけ繰り返す小夏さんの肩を抱いた。最後にひと目だけ会いたかったの、と彼女は言い、さあ行ってちょうだい、と私を改札の方へと押し戻す。私は、一緒に行こう、と言ったけれども、小夏さんは黙って首を振るだけだった。間もなく発車、とアナウンスが流れる。時間がない。さあ、行って！　と彼女は潤んだ目で私を見つめながら、追い払うような仕種をする。私は、ええいと踵を返し、改札を抜け、ホームへの階段を上がる手前でもう一度女の方を見たが、もう人ごみに紛れて見えない。私は階段をかけあがって、ベルを鳴らしていた新幹線に飛び乗った。

完全に昭和の映画じゃないですか。

いやいや、平成二十一年の話だから。

どこまで本当なんだか。私には、新幹線じゃなくて煙をもくもく出しながら走る汽車の画が浮かびます。

それで新幹線で東京に着いて、何日か漫画喫茶に泊まって、小夏さんがヤクザに殺されたりしていないか、恐る恐るネットのニュースをチェックし続けた。看板屋に電話をかけてみると、仕事場の先輩が出て、親方もおかみさんも無事で、親方がうまいこと話をつけてヤクザはその後姿を見せないと言うから安心したが、その先輩にはきつくなじられた。仕事場にもだいぶ迷惑をかけたのだから仕方がない。高校の時の友達でひとりだけ東京に出てきていた奴がいたのを思い出して、東上線の大山に住んでいたその友達のところに転がり込んだ。東京の企業に入ったはずの友達は、とっくにその会社を辞めて、池袋のキャバクラでボーイをやっていた。お前も一緒に働かないかと誘われたが断わった。

それで池袋の中華屋で働きはじめたが、ここも結局けんかして三か月くらいで辞めた。私以外はみんな中国人の店員で、店主は優しかったし、いい人もいたけれど、全然反りの合わない、意地悪ばっかりしてくる奴がひとりいて、いくら文句を言っても言葉が通じないふりをして何度も意地悪してくる。ある日とうとう殴ってしまい、でもその男が私にしつこく意地悪してくるのは店の誰もが見ていたから、私は店主の親父に、悪いのはあいつだ、と訴えた。けれども他の店員から、奴は店主の息子だ、と聞かされて、私はその時はじめてそれを知った。そう言われてみれば同じ名前で顔も同じだ。私は店主に謝って、店を辞めると伝えたら、店主は申し訳なさそうな顔をしていた。店主はほとんど日本語をしゃべらなかったので、私は雇ってもらった時から働いている時まで、ほとんど店主と話さなかった。向こうは中国語で、こっちは日本語で、けれども何か言いながら顔を見れば、だいたい話は通じる。そう思っていたのだけれど、毎日顔を合わせて彼らが父と息子だったことにも気づかないのだから、自分が思っていることなんか全部勘違いの間違いなのかもしれない。どこへ行ってもこうやってすぐに仕事を辞めるはめになり、居場所を失っては転々としている。なぜだ、と思えば悪いのはいつも自分だ。俺は一生こんなふうなことを繰り返し、まともに生きていけない人間なのかもしれない、そう思うと涙が出てきた。

落ちこんで二、三か月閉じこもっていたが、いつまで泣いていてもしょうがない。

今度は新宿の中古レコード屋でアルバイトをはじめて、そこのアルバイトは三年くらい続いた。友達もできて、並行して知り合いに誘われてウェブマガジンの編集部で手伝いもするようになった。かたばみ荘に越したのは二〇一〇年の秋だから、東京に出てきて一年くらいが経った頃だった。レコード屋のバイトの先輩から、東長崎にぼろいけど超安いアパートがあるから住まないかと言われて、家賃がたったの三万円だと言う。以前そのレコード屋で働いていた人が住んでいた部屋で、しかも今ならその人の使っていた家具一式に本やCDが全部そのまま残っていると言われ、住む、と即答した。部屋を見に行くと、本当に何でも揃っている、というか前の人のものが全部そのまま残っていた。ありがたいが、不可解な話ではあり、前の住人からその部屋を預かっているという人に、やっぱりあれですか、事故物件ですか、と訊いてみたら、違うと言う。部屋そのままにして失踪したんだけど、見つかったから大丈夫。元気に秩父でうどん打ってるから、と言われて安心した。ギターやアンプ、よくわからない機材もあり、聞けばその前の住人というのはミュージシャンだったらしい。それで一年くらい居候していた大山の友達の家から、かたばみ荘に移り住んだ。その部屋にあった本や、何よりCDとレコードは宝の山で、それまで知らなかったような音楽を私はたくさん知った。金に困った時は稀少そうな盤を売りにいき、すると驚くような値がついたりもした。置いてあったギターやベースも弾いたりしてみたが、これは全然上達せずそのうちに飽きたのでやめて、用途のわからない機材やアンプもまとめて全部売っ払った。

ウェブマガジンの編集部では、単純作業を手伝いながら、記事にかかわる仕事もするようになった。人がいなければ自分で取材して記事も書いたし、漫画を描いてみたり、イラストを描いたりもした。考えてみればいい加減な記事ばかりだったが、やっている方は楽しかった。デザインソフトも多少扱えるようになって、グラフィックをやってみたりもしたが、いろいろやっているうちにやっぱりちゃんと美術の勉強をしたくなってきた。本を読んだりして独学も試みたが、もともと勉強をちゃんとしたことがないから、どの本を選べばいいのか、そこからしてわからない。それで大学か専門学校に行くことを考えたが、お金もないし、大学に入れるような頭もない。勉強ができないから勉強したいと思っているのに、勉強ができないと大学に入れない。八方塞がりでもうだめだ、と思っていると、編集部の人にあちこちの大学で科目履修生や聴講生の制度があることを教えてもらった。卒業の資格なんかいらないので安く勉強ができればそれでいいと、給料の安いレコード屋はやめて、日払いでいい金になる土方の仕事に切り替えた。家賃が安いから、週二、三日働けばそれで結構無理なくやっていけた。

*

峠茶太郎です。私がかたばみ荘に越したのが二〇一〇年の秋だったから、地震があったのはそれから半年経った頃だ。

かたばみ荘からすぐのところには西武線の線路があって、前の道から目と鼻の先のところに踏切がある。列車が通ると、踏切のカンカン鳴る音と、車輪とレールのぶつかる音が部屋のなかにいても聞こえた。列車の音が近づいてきて、遠ざかっていくその方向で、上り線だったのか、下り線だったのかがわかった。列車が通り過ぎていく音の長さで、今のが十両編成の列車だったか、八両編成の列車だったかもわかった。もちろん、いちいちそんなことを聞き分けて確認しているわけではなく、時間帯にもよるけれど、およそ五分に一本か二本、通り過ぎていく列車の音と踏切の音は、自分の立てる物音や、他の部屋から聞こえてくる物音と同じ生活音のひとつであって、ふだんはほとんど気にとまらない。

それは音だけでなく、列車が通るたびに建物に伝わる振動も同じだった。たとえば部屋に誰か客が来ていて、列車が近づいてくると、ふだんこの部屋で生活していない人は、一瞬、地震か、と身構える。けれど、部屋主の私は慣れているので平然としている。もちろん本当に地震が来ることもある。でも列車が通る時の揺れと地震の揺れは違うから、住人は列車には驚かず、地震なら地震だと気づく。それに列車が来る時は必ず踏切の音もしているから、意識はせずともそれで判断しているのかもしれない。部屋に来た客にも踏切の音は聞こえるはずだが、それでも列車の揺れを地震だと思う。

そんなふうに生活のなかの揺れや音に敏感になったのは、やっぱり二〇一一年の地震のあとのことだと思う。かたばみ荘に来た二〇一〇年の秋から、翌年の三月までに、あの部屋で体験した地震が何度あったかなんて全然覚えていないけれど、越してきて間もない頃に、一度そう大きくない地震がきたことは覚えている。その時部屋には、その前の日に泊まりにきた彼女がいた。さっきから部屋に来た客と言っていたのは実はその彼女のことだ。

木造の建物って地震の時こんなに音するんだ、と揺れのおさまったあとでその子は言った。揺れよりも、音の方を怖がった。というか音の方に驚いた様子だった。私は、実家が木造で地震があると建物全体がきしむのを知っていたから、それにはそんなに驚かなかった。かたばみ荘はぼろいが、そもそもこれまでそこまで立派で堅牢な家に住んだことがなかった。彼女は阿佐ケ谷のマンションでひとり暮らしをしていて、そこは鉄筋コンクリート造だそうだから、そんなに揺れないし音もしないと言った。

柚子《ゆず》ちゃん？ 目見ちゃんに訊かれて、そう、と私は応えた。

その子の名前は佐々木柚子《ゆずこ》子という。同じレコード屋のアルバイトで知り合った。というか、ふらっと入ったレコード屋で働いていた柚子ちゃんを見て、私は雷に打たれたみたいにひと目で夢中になってしまった。その場で口説こうかと思ったが、頭はぼおっとして、体はうまく動かなくて、そんな大胆なことはできない。そしたら店内にアルバイトを募集している張り紙があるのを見つけて、レコードにはあまり興味はなかったが、その場ですぐ応募した。

中華屋をやめてしばらく大山の友達の家で引きこもっていたあと、仕事を見つけようと思って池袋や新宿、渋谷といった街のなかを何か月も毎日歩き回っていた。歩いているうちに友達ができたり、仕事が見つかったりするのではないかと思っていた。

そんな馬鹿なと言われるけれど、実際、そうやって柚子ちゃんを見つけて、アルバイト先も見つけたのだから、それは間違ってはいなかったのだ。

可憐な柚子ちゃん。私には顔も声も名前も、全部がかわいく思えた。柚子ちゃんと毎日一緒に働くようになって、悪いこと続きだった私の人生ではじめての、明るく楽しい日々がやってきた。朝起きて、ご飯を食べ、外に出て、景色や人を見て、仕事をして、柚子ちゃんや、他のバイトの仲間とくだらない話をして、笑う。そういう特別な事件や刺激のない、言ってみれば平凡な生活を送るよろこびを、私は二十歳になってはじめて知ったのではないだろうか。

安いアパートも見つかり、友達に誘われてウェブの仕事もするようになった。私は人生が上向いてきたと思った。自分は全然知らなかったが、世の中の人たちはみんなこういうふうに生きていたのだ、と思った。国分町で会った小夏さんは、たしかにいい女だった。フェロモンか、ホルモンか、わからないなにかが溢れて、滴っていた。けれども同時に、危険で、はかなかった。小夏さんのことは忘れられないけれど、安全で明るい暮らしのよろこびを私にもたらし、私の人生を健全で正しい方へと導いてくれるのは、柚子ちゃんだ。柚子ちゃんしかいない。

二〇一〇年の暮れ、何度振られても諦めずに半年以上口説き続けた柚子ちゃんが、とうとう私と付き合ってもいい、と言ってくれた時、私は、自分の人生が完全に負の世界から抜けきった、と思った。もう何も心配はいらない。つらかった日々は完全に過去のものとなった。自分の人生で、いちばんいい日が今日だ。そして人生は今日から続いていく。今自分はその日にいる。死ぬ前に思い出す日に今自分はいる、と思った。もう死ぬかもしれない、と思った。

茶太郎さんの話は、全体に大げさで暑苦しいんだよね。

そう？　でも俺の実感そのものなんだよ。かわいかったでしょう、柚子ちゃんは。

そうね。

この喫茶店に来るようになったのもその頃だった。当時まだ目見ちゃんは大学生のアルバイトだった。柚子ちゃんとはこの店にも時々一緒に来たから、目見ちゃんも柚子ちゃんのことを知っている。

三月十一日、このあたりは震度5弱を記録した。当日のその時間はアルバイト先のレコード屋にいて、かたばみ荘にはいなかったから、あそこがどのぐらい揺れたかは知らない。

その日は柚子ちゃんも同じシフトで、地震のあとは店員みんなで散らばった商品や備品を片付けていたが、レコード屋の入っているビルの管理会社からテナント各店に今日の営業は中止するよう達しがあって、私たちは店を閉めて、まだ騒然としている街のなかに出てきた。電車も停まっていて、早上がりはありがたいが家に帰れない。柚子ちゃんの実家は福岡で、心配したお母さんから電話がかかってきた。秋田の私の実家には夕方頃になって電話がつながり、両親も家もとりあえず無事だと確認ができた。私と柚子ちゃんは、新宿の店から東長崎のかたばみ荘まで、一時間半ほどかけて歩いた。柚子ちゃんのスマホで各地の被害を知るにつれ、自分たちが思っていたより深刻な事態であることがだんだんわかってきた。私は東北で育って仙台にも二年いたのに、報じられる地名や街の映像には知らない場所がたくさんあった。小夏さん、看板屋の親方やおかみさんの顔が浮かんだ。

アパート崩れてなくなってるかもしれない、と半分冗談半分本気で言いながら歩いたが、日が暮れて七時頃たどり着くと、かたばみ荘はちゃんと立っていた。ただ室内はめちゃくちゃで、壁際にあった食器棚が台所の真ん中あたりまで移動していて、中から飛び出てきた皿やコップが割れて散らばっていた。板の間の方もあれこれものが倒れたり壊れたりしていたが、ラックが倒れて、納めてあった数百枚のＣＤが流れ出て、床一面に敷き詰めたようになっていた。食器もＣＤも、ほとんどはこの部屋の前の住人のものだ。

割れた食器類だけふたりで片付けた。電車は夜になって動き出したが、柚子ちゃんは泊まっていく、と言った。夜も何度も余震が続き、報じられる被害がどんどん大きくなっていくテレビの小さな画面を、うわー、とか、やばい、とか言う以外他に言葉が出ないままふたりで繰り返し呟きながら見て、ありあわせの野菜を入れたインスタントラーメンをつくって食べ、少し酒を飲んで、散らばったCDの上に布団を敷いて寝た。電気を消して、小さな音でテレビをつけっぱなしにして、ときどき、また揺れた、と思うと電車だったり、地震だったりした。目をつぶらなくても、テレビで見た速報の文字や地図、空から撮った街の映像が浮かび、私は隣にいる柚子ちゃんの体と、このアパートの建物、その下にある地面と、その遠い先にたしかにある東北の方の地面を、ただ漠然と並べるように思って、そのうちに眠った。

*

峠茶太郎です。私は二〇一一年三月十一日をそのようにして過ごした。その日をどこでどう過ごしたか、あの頃は誰かと顔を合わせればまずそのことを報告しあったし、そのあと親しくなった人とも、必ずいつかはその話題を交換することになった。揺れへの注意深さは、地震当日よりも、その後何か月か頻繁に余震が続くなかで、だんだんだんだんだん、敏感になっていったように思う。

柚子ちゃんは、地震のあと、かたばみ荘にはあまり来たがらなくなった。たしかにあのアパートは大きな地震が来たら崩れるかもしれない。そして小さな地震でもよく揺れるから、柚子ちゃんは私の部屋にいる時に地震がくると怖がった。先にも言った通り、電車が走ってきた振動でも、柚子ちゃんは緊張して身を硬くした。

あのアパートに住んでいたら多少の揺れでいちいち驚いてはいられなかったけれど、地震後の数か月は本当に揺れっぱなしで、地震でないのにいつも揺れている気がするほどだった。アルバイト先で、あ、地震だ、と周りの人に言ったら地震ではなくて、自分の脈とか動悸を勘違いしただけだったことが何度もあった。

柚子ちゃんはそれまで週に一、二度は私の部屋に遊びにきて、泊まっていくことも少なくなかった。けれど地震のあとは柚子ちゃんがかたばみ荘を怖がるから、私たちはラブホテルに行くようになった。ラブホテルにいても地震はくる。が、アパートみたいに揺れることはなくて、揺れなければ、怖くはない。あるいは夢中で互いの体にしがみついていれば、そんなことは考えなくてすむ。ホテルに限らず、街なかでも、安全と思える場所にいると、今なら大きな地震が来ても平気だ、と思ったし、古いビルのなかにいたりすると、今大きな地震が来たら危ない、と思った。

柚子ちゃんは私よりひとつ年下で、その春から大学三年生になった。私は柚子ちゃんの話を聞くのが好きだった。家族のことや子どもの頃のこと、大学の授業のことや友達のことなど、そのどれもがそんなに特別なものではなかったけれど、柚子ちゃんの声と言葉を通して聞けば、そこには柚子ちゃんの目や耳があって、私はそうやって少しずつ柚子ちゃんの記憶や日々の気づきを自分のもののように覚えておくことができた。

だから、柚子ちゃんがその年の夏頃から、大学の友人たちと一緒に、各地で少しずつ活発になりつつあった脱原発の運動に関わるようになって、勉強会を開いたり、デモに参加したりするようになった話も、私の好きな柚子ちゃんの日々に自然と混ざっていくはずだったのだけれど、それはそれまでの安穏としたずっと晴れているみたいな柚子ちゃんの日々に、暗い雲がかかるようなことのようにも感じた。もちろんそれは柚子ちゃんだけでなく、現実の世の中にかかった暗い雲でもあったのであって、私は、そのどちらからも逃げようと思った。柚子ちゃんから集まりに誘われたこともあったけれど、私は何か曖昧な返事をして、行かなかった。何度か断ると誘ってこなくなったけれど、柚子ちゃんが私にしてくる話のなかにはいつも一定の不穏さが混じるようになって、その割合は、もしかしたら、少しずつ増えていった。

かかわっていたグループが学外の学生団体や市民団体と連携するようになって、活動の範囲や日数が増えると、そのための勉強や準備が間に合わないと言って、柚子ちゃんはアルバイトのシフトを減らし、私と会う日も少なくなった。会うと、疲れた様子のことも多かったが、やけに興奮して元気な時もあった。柚子ちゃんはそれまでの柚子ちゃんと変わってしまった、と私は思った。けれどもそれまでの柚子ちゃんがどんな柚子ちゃんだったのか、私はもううまく思い出せなくなっていて、というか、それは全部私の思い込みで、柚子ちゃんはそれまでと変わらない柚子ちゃんだったのかもしれない。私がおかしかったのかもしれない。地震があった年の、なにか少しずれただけみたいな、でももしかしたら二度と元には戻らないのかもしれない違和感のことを、私は、未だにうまく言えない。それで、私たちは会う日は減ったが、私が柚子ちゃんをホテルに誘う日はむしろ増えていた。

仙台の看板屋の親方とおかみさんには、しばらくしてから電話をかけて、無事だったことを知った。作業場もこれまで通り使えそうで、当時の同僚たちもみな無事だった。けれど、当人や家族は無事でも親類や知り合いに被害のない人などいなかったし、親方は内装や外装も請け負っていたから、当面は却って忙しくなりそうだが、その先仕事や生活がどうなるかはわからないとのことだった。

そんな話を聞くと、特段の被害も受けず東京で以前と変わりなく暮らしているのに、思考停止みたいになっている自分が情けなくも思えてくるのだった。被災地の人たちは、目の前に訪れ、居座っている状況や出来事に対し、否応なく判断を迫られ、その判断に基づいて行動をしなくてはならない。柚子ちゃんたちは、今の自分に何ができるかを考えて、身を削るように行動している。一方自分は、判断することを遠ざけられるだけ遠ざけようとしている。柚子ちゃんが原発や放射性物質の話をはじめれば、私はほとんど何も言わなくなった。

小夏さんの安否は確かめようがなかった。私は彼女の苗字も知らなかった。ヤクザの情婦だった、というのも東京に来てから状況を整理してそう結論しただけであって、素性がわかったわけではない。だいいちヤクザの情婦と言ったって、ふだん何をしている人なのかわからない。旦那は単身赴任中で子どもは中学生、と言っていたのを聞いたことがあるがたぶん嘘だろう。私の知っている彼女の本当の名前だって、本当に本当の名前なのかどうかわからない。何も手がかりがない。彼女の安否を親方やおかみさんに訊ねるわけにもいかないし、まさかヤクザの事務所に電話して訊くわけにもいかない。でも日を追うごとに気になって仕方なくなって、警察発表の被害者の名簿などを、探す名前もわからないまま見続けたりしていた。

　柚子ちゃんが大学の同期生と浮気をしたことを知ったのは、その年の七月だった。柚子ちゃんはその月いっぱいでレコード屋のアルバイトを辞めることになっていた。来年は四年生でそろそろ就職活動もはじまるから、という建前だったが、私はデモなどの活動が忙しくなったのが理由だと思っていた。

　残りの出勤もあと数日という頃、アルバイト上がりに私が誘って一緒に行った新宿の居酒屋で、泣きながら他に好きな男がいるから別れたいと言われた私は、自分でも驚くほど逆上してしまった。柚子ちゃんを引っぱたきたくなったが、ぎりぎりのところでとどまった。その男を今すぐ連れてこい、さもなくば自分がそいつのところに行く、だから住所を教えろと騒いで、最後は居酒屋の店員が止めに入って、私は店の外に出された。

　そのまま柚子ちゃんを置いて店を出て、新宿からかたばみ荘まで、歩いて帰った。雨が降っていたが、ほとんど気にならなかった。ひとりになったら自分は泣くのかもしれないと思ったが、涙は出てこず、怒りと、どうしたらいいかわからない、焦りのような、いても立ってもいられない気持ちで、どうすればいいのか考えようとしても、すぐにかき消されるみたいで、何も考えられなかった。部屋について、床に座ると、全身から力が抜けた。ずっと歯を食いしばり全身に力を入れて歩いていたようで、顎や首や背中が固まったみたいに疲れていた。柚子ちゃんから電話がかかってきていたが、かけ直さなかった。かけ直しても、何を話せばいいか、どうすればいいか、全然わからなかった。

柚子ちゃんは残り数日あった出勤日を、風邪を理由にすべて休んだ。最終日にバイト仲間が予定してくれていた送別会は中止になった。柚子ちゃんとはそれっきりだ。

私は、馬鹿で、育ちが悪い。幼い頃から、もっとも身近な感情は怒りだった。父親からも母親からも、学校の先生からも怒られてばかりいたし、時には引っぱたかれたりもしたが、私は人が怒ることを恐れたことはなかった。その代わり、怒られたらこちらも怒った。親や先生は、私を反省させ、謝らせようとしたが、私は大人しく謝ることなんてしないで、まずは怒り、反発した。結局謝ることになるとしても、怒りの鎮まらぬうちは絶対に謝らない。それは友達との諍いや、道端で不良と揉め事になった時でも同じだ。たとえこちらが悪くても、謝れと言われて大人しく謝ることはしない。怒りがおさまる、つまりはそれが謝る気持ちに変わっていけば謝るけれども、怒りが怒りであるうちはその怒りを向けるべき方へ向ける。対立し、互いに悪くないと思っている時は、どちらかが間違いを認めるまで怒りを交わす。殴り合いなら倒れるまで、言い合いなら言うことがなくなるまで。不良でも、うまく立ち回る奴は、怒り方がうまい。けんかが強い奴というのも、怒り方がうまい。私も自然と、怒り方がうまくなった。人間が生きるというのは、怒りをためこんで吐き出すその繰り返しで、人と人との関係や付き合いは、怒りのやりとりなのであり、喜びも悲しみも、怒りが変転した結果であり、元を辿れば世界は怒りで動いているものだと漠然と思っていた。

けれど、私が柚子ちゃんにはじめて向けた怒りは世界を動かさない、単なる悪意だった。私は、相手の男を呼びつけて何をしようと思っていたのだろうか。土下座させて謝らせようとしたのか、それとも殴りつけようとしたのか。たぶん、どれでもなかった。男が本当に来たら、殴ったかもしれないが、私はそんなことをしたくて男を呼べと言ったのではなく、私にあの時あったのは、ただ柚子ちゃんを怖がらせたい気持ちだった。私はさっき、引っぱたくのをぎりぎりでとどまった、と言ったけれど、手元にあったおしぼりを柚子ちゃんの後ろの壁に投げつけることはした。それは暴力に違いない。親や教師やけんかの相手なら、相手を脅すことはいくらでもするけれど、それは自分の主張なり都合なり正当性を通すための方法であって、しかし私は柚子ちゃんを怖がらせたところで何も得るものはなく、私がその時望んでいたことと言えば、柚子ちゃんの告白をなかったことにしたい、そんな事実をなかったことにしたいということだけで、しかしいくら怒っても、脅しても、変えたい事実は変わらず、柚子ちゃんの気持ちも変わらず、考えれば考えるほど、どれも頑丈になるのだった。

私は、小夏さんを囲っていたヤクザのことを考えた。見たことも、会ったこともないその人と、私は同じ立場に立ち、もしかしたらそのヤクザも今の自分みたいにやり場のない怒りで悶々としていたかもしれない、と思った。もしあの時、私が追ってきた子分たちに捕まって、殴られて蹴られてぼこぼこにされて、土下座で謝らされたとしても、それで私と小夏さんの間にあったことがなくなるわけではない。体面や面子は守れても、それは変わらない。全然。私は、ぼこぼこにされながら、きっとそう思うだろう。こんなことをしても、自分と小夏さんが一緒にいたあの時間が、なくなるわけでないんだよ、バーカ。

小夏さんが、危険をおかしてまで私に会おうとした、その真意はわからない。私のことがそれほどに好きだったのかもしれないし、あるいは相手は誰でもよくて、ヤクザの元からひと時逃れたかっただけかもしれない。もしかしたらこれまでも同じようなことが、つまりそのへんの男に手を出したり、出させたりするようなことが、繰り返されていたのかもしれない。ヤクザの方もヤクザの方で、別に小夏さんへの執着はさほどじゃなくて、子分たちの手前、私に制裁を加えないといけない、ただそれだけだったのかもしれない。

あのヤクザも、小夏さんも、もしかしたら死んでしまったかもしれないのだ、と、いつか警察発表の名簿を見ながら、私は思った。

私は柚子ちゃんを許したい、と思った。柚子ちゃんが許されたいと思っているかはわからない。むしろ忘れてほしいのかもしれない。けれど、怒りと違って許すことは宛先がなくてもできる。ただ勝手に、私がそれをすればいいだけのことだ。

＊

峠茶太郎です。たとえば朝、震度3の地震がある。震度3くらいだと、隣近所のまだ築年数の浅い戸建ての家はそう大して揺れないが、かたばみ荘では揺れがダイレクトに隅々まで届くから、即座に、まずい、と思う。住人たちが一斉に各部屋のドアから飛び出してきて、私の部屋は二階だから階段を駆け降りる。寝間着や部屋着でアパートの前に集った住人たちは、やや腰を落としたような姿勢で電線や周囲の建物を見つめる。やがて揺れが完全におさまったとわかってほっとすると同時に、周辺の家々からは誰ひとり表に出てきていなくて、家内で騒いでいる様子もないことに気づく。そうやって、かたばみ荘に住む自分たちだけが、過剰に、いやむしろ誠実にと言いたいくらいだけれど、ともかく相対的に見れば大げさに、地震の揺れに反応していたことを知る。

あの頃は、少しでも地震の揺れを感じたら、まずそれが大地震かもしれない、死ぬかもしれない、と思った。たびたびやってくる揺れにも、緊急地震速報にも、だんだん慣れてはいきながら、きた、と思うと、今度こそでかいかもしれない、と考えずにはいられなかった。建物は、大したことのない揺れでもどきっとするような変な音を立てたし、電車や自動車が通る振動だけでも揺れた。このぼろアパートが果たしてこの先いつまで、そしてどの程度までの揺れに耐えられるのか、それは誰にもわからなかった。そんなことこれまで考えもしなかった。

住人たちが持っていた恐怖の程度はそれぞれだったとしても、同じ建物のなかでいつも同じ揺れを共有していたことには違いない。表に飛び出してきて、揺れがおさまり、またそれぞれの部屋に戻っていく。その別れ際の、みんなで安心を分かち合うような時間。決して大げさでなく、ああよかった、まだ死ななかった、生き延びた、そんなことを口にはしなくてもみんな思っていた。心のなかでお互いに言い合っていた。

地震があるたび外で顔を合わせるので、震災後だんだんかたばみ荘のアパートの他の住人と親しくなった。一階の手前の部屋にいる斉木さんによれば、これまでは他の部屋の住人の顔もわからないぐらいで、住人同士の付き合いはほとんどなかったそうだ。

隣の部屋、つまり二階の奥の部屋に住んでいたのは松林さんで、松林さんはヤクザだ。ヤクザとひと口に言ってもいろいろで、どんなヤクザだかはよく知らないし、そんなこと訊きはしなかったし、訊いたからと言ってぺらぺらしゃべるものでもないだろうが、とにかくまず見た目がヤクザだ。

私がかたばみ荘に住むことになって、契約書や必要な書類を渡しに行った時、大家のおばさんは、ゴミ出しの場所でも教えるみたいに、あと隣の部屋の人はヤクザだけどいい人だから、と言った。何と返したものか困惑していると、おばさんは、タチの悪い堅気なんかより、人のいいヤクザの方がよっぽどよき隣人ですよあなた、などと言う。そう言われればそういう気にもなるが、こちらは過去にちょっとした因縁があるせいで、ヤクザには敏感だ。女をめぐる揉め事で尻尾を巻いて逃げ出した若造を、地元ではそれなりに名の通った組の連中がいつまでも追いかけ回すとも思えなかったが、それでも自分がこの妙なアパートに住むことになったのはもしかしたら何かの計略で、のこのこ越してきたところをその隣人に、ドスでズブリ、あるいは、拳銃でズドン、小夏さんの一件の落とし前をつけられやしないか、一瞬そんな想像が頭を過ったのもたしかだ。

参ったなと思ってこれから住むことになる部屋に行ってみると、早速廊下で隣の部屋から出てくるその住人と出くわして、ひと目でそれとわかる格好を見て、私はとっさに逃げそうになった。ポマードかなにかで後ろにぺったり撫で付けられた髪、薄く色の入ったサングラスに、水色のアロハシャツを着て、グレーのスラックスを穿いていた。手ぶらに足元は雪駄履きで、ちょっと近くまで出かけるふうだったが、古い映画みたいな人生を送ってきた私でも、そのあまりに古風なチンピラルックに時空の歪むような感じを覚えたものだった。刺されたらどうしよう、と思いながらも丁重に、今度隣に越してきた峠と申します、と挨拶したら、おうおう、よろしく！と思いのほか気さくな男は、おれ松林、と名乗った。松林千波。ちょっと粋すぎて浮世絵の題みたいな名前は、渡世上の通り名かと思っていたが、あとで大家に聞いたところではどうやら本名らしい。

付き合ってみると、大家のおばさんの、いい人だから、との評に嘘はなかった。そう、松林さんはいい人だった。隣近所の子どもや動物にやけに好かれていることにもそれは端的に表れていて、道で散歩中の犬や猫と遊んだり、学校帰りの小学生たちに囲まれている姿をよく見かけた。もちろん、その本業では法外で悪辣なことをしているのかもしれないが、そんな様子はアパート近隣の生活圏では一切見せず、隣人として挨拶を交わしたりするだけならこちらにまったく害はない。そればかりか、何かと不便がないか気にかけてくれたり、料理が好きらしくて余ったおかずなんかを持ってきてくれたりする。震災後、精神的に少し不安定だったところに柚子ちゃんのことが重なって落ち込んでいた私は、廊下で顔を合わせると気さくに声をかけてくれたり、くだらない笑い話をしてくる松林さんに、この時期だいぶ救われていた。タチの悪い堅気より人のいいヤクザ。大家のおばさんの言う通りだ、墨書して壁に貼りたいぐらい。

かたばみ荘の階段を上ったところからは、西武線の踏切が見えた。線路はまわりよりも一段高いところに敷かれているので、踏切の前後は緩い傾斜がある。踏切の向こうから、買い物袋を載せた手押し車を押して歩いてきたおばあさんが、その坂で転んだ。踏切の斜面で、思いのほか勢いがついた手押し車に足がついていかず、引き倒されるみたいに前に倒れ、手を離れた手押し車はそのまま踏切の斜面を転がった先で自立したまま止まった。

それをちょうど出かけるところだった松林さんが、かたばみ荘の階段からたまたま目撃した。松林さんは目が悪く、そのうえいつもサングラスをしていたから、おばあさんが転ぶのを見た時、乳母車を押す母親だと思った。赤ん坊を乗せた乳母車が倒れたり、そこに自動車が走ってきたりしたら大変だ。あるいは、一瞬の間に人さらいが現れて赤ちゃんを連れ去っていく。そんな想像までしてしまい、急いであの母子を助けなければと階段を駆け降りはじめたところに踏切の警報も鳴りはじめていっそう焦り、ああっ、と声を上げたその途端に段を踏み外してごろごろと下まで転がり落ちて、松林さんは腕の骨を折った。

そのあとしばらくの間ギプスをつけて腕を吊っていた松林さんは、夏なのに風呂に入れなくて腕がくせえ、と嘆いていた。松林さんはその腕を私に寄せてきて、ほれ茶太郎くん嗅いでみろ、などと言い、私はよけようとしながらも、ちょっと鼻をあててみて、うわっ本当だ、くせえ！　などと騒いでいた。いろいろ辛気くさかった二〇一一年の夏のなかで、ほとんど唯一の馬鹿馬鹿しい笑いのある記憶だ。そんなふうにしていると柚子ちゃんのこととか、地震が来たら怖い、みたいなことを忘れて、気が休まった。

で、そのおばあさんは無事だったの？　と目見ちゃんに言われて、しばらく考えてみたが、どうだったのか思い出せない。特に記憶に残っていないということはたぶん大丈夫だったんでしょう、少なくとも、松林さんの怪我の方がよほど大ごとだったんじゃないかなあ。救急車が来たって言うから。派手な転げ落ち方だったし。

茶太郎さんはその場にいたの？　と言われて、私は、いなかった、と応えた。私は自分がまるでその現場を目撃したようにしゃべっていたから、聞いている人が私もその場にいたと思っても無理はない。その時、その場所にいなかったにもかかわらず、私は、アロハシャツを着た松林さんが転がり落ちてくるのを階段の下で待ち受けるように見ている映像を思い浮かべることができるし、かと思えば、階段下のコンクリートに倒れた松林さんがうなり声をあげているのを階段の上から見下ろす映像も浮かんできて、痛みをこらえて起き上がった松林さんが、腕をだらりと垂らし、足を引きずりながら踏切の方へ駆け寄っていく感動的な後ろ姿を、二階の高さから見送っている。

しかし実際は、私はその時出かけていてアパートにはいなくて、物音がして外に出てきた斉木さんが階段の下で動けなくなっている松林さんを見つけて救急車を呼んだ。だからそんな映像は嘘なのだが、後に三角巾で腕を吊った松林さんがその時のことを、俺、「蒲田行進曲」の平田満みたいだった！ と嬉しそうな顔で言っていたせいで、私はその場面を映画の一場面のように思い出すようになった。

と、今話していてはじめて気づいたけれど、松林さんがヤクザだというのは、別になにか確証のある話ではなく、本人に確認したわけでもない。大家のおばさんの発言は単なる冗談で、もしかしたら松林さんは堅気の人間だったのかもしれない。その可能性をこれまで考えようともしなかったが、あんな昔の任侠映画みたいな格好をして、それでいて犬猫や子どもに親しまれ、人助けをしようと思って階段を転げ落ちるようなヤクザがいるだろうか。松林さんは映画が好きで、駅前のビデオ屋でいつも何か借りていた。ヤクザ映画を好んで観ていたかどうかは知らないが、たまに話を聞く限り新旧洋邦問わず観ていた印象があり、その時々の話題作などを挙げて、茶太郎くんあれ観た？ あれは期待はずれだったな、とか、古典的名作を挙げて、あれは観た方がいいよ、とか教えてくれたりもして、もしかしたらただのヤクザのコスプレをした映画好きなおっさんだったんじゃないか。大家の言葉を鵜呑みにして、この六年間そんなこと思いもよらなかったが、考えてみると思いあたるふしもある。しかし逆に考えれば、あんな堅気の人間がいるだろうか。もしヤクザでなかったとすれば、彼は何を生業にしていたのか。朝から出かけていく時もあれば、一日中家にいる日も多く、何日か家を空けることもある。ふだん買い物やビデオ屋に行く時はアロハシャツに雪駄だが、時には黒い開衿シャツに白いズボン、白い靴でばっちり決めて、脇にセカンドバッグを抱えて出かけていくこともあって、ヤクザ以外にそんな格好で出かけていく仕事があるだろうか。もっとも私だって、二十七にもなって定職につかず、土方をしたり、大学に行ったりしていて、周りから見たら何者だか全然わからないだろうし、そういえば一階の斉木さんもいつも家にいるが何の仕事をしているのか私は知らない。はたから見ればかたばみ荘はまったく魔窟だ。

たとえば、松林さんはヤクザ映画の端役を専門とする役者だった。というのはもちろんあまりリアリティがないけれど、実際あのあまりにオールドスタイルな服や髪型にはすでに実在の人物としてのリアリティが欠如していたし、その突飛な想像に若干の真実味を与えるのは、階段を転げ落ちた彼がギプスで固めた腕を吊りながら口にした「蒲田行進曲」が、まさにそんな映画だったからで、となればそこで言う真実味とかリアリティというのは、よくできた嘘と言っても同じことかもしれない。

名前は知っているが観たことはない、と私が言うと、松林さんはわざわざ翌日ビデオ屋で「蒲田行進曲」を借りてきて、私の部屋に届けにきた。しかし松林さんが持ってきてくれたのはＶＨＳで、私はビデオテープを観るデッキは持っていなかったから、松林さんは、なんだよ、と言ったあと、じゃあ俺の部屋で観せてあげるよ、と私を自分の部屋に呼んで、私は松林さんの部屋でその映画を観たのだった。

松林さんの部屋に入ったのはその一度だけだ。部屋の造りは私の部屋と左右対称で、左手にキッチンが、右手に風呂場の戸があった。そうやって確認するのははじめてのことだったけれど、自分の部屋の風呂場では松林さんの部屋のシャワーやトイレの水の音が壁のすぐ向こうから聞こえたから、そうなっていることは知っていた。意外だったのは奥の部屋が畳敷きだったことで、私の部屋は板の間だったから、部屋ごとに床の仕様が違うのは不思議だったが、住人の退去時にクリーニングもせず、傷んでどうしようもなくなった箇所をその都度直す、というその場しのぎの維持管理しか大家はしていないのだから、各部屋それぞれに違いが出てくるのかもしれない。

トイレを借りに風呂場に入って驚いた。私の部屋は和式便所とシャワーが一緒になった珍妙な風呂場だったが、松林さんの部屋の風呂場にはシャワー以外になんとステンレスの浴槽があり、トイレも洋式で、便器の脇には一メートルほどの仕切り壁まで設けてあった。広さは私の部屋の風呂場と同じだが、私の部屋の風呂場はその広さにシャワーと和式便所しかない。だから間抜けに広く感じるし冬場など寒くてしょうがないのだったが、はじめからそうなっているとそういうものだと思ってあまり疑問にも思わず使っていた。けれど松林さんの部屋の風呂場を見ると、なるほどこの造りであればこの広さは過不足ない、と納得でき、ひとりで浸かるにはじゅうぶんな広さの浴槽は、ちょうど私の部屋の和式の便座の位置にあり、それを知ってから私は自分の部屋のトイレで用を足す時に、風呂のなかに排泄しているような変な気分を覚えることになった。風呂場の広さから考えて、元々松林さんの部屋の風呂場と同じ造りだったものを、おかしな和式ユニットバスにつくり替えたとしか思えないのだが、どう考えても元の状態より不便で非機能的になっているのが謎だった。しかしそんなことを言いはじめたら、壁も床も天井も廊下も屋根も、傷んでいないところなどなく、住人が次の住人を連れてくるというあのアパートの存在じたいが謎に満ちている。

　それはともかくとして、松林さんの部屋の様子はごくごく普通で平凡だった。私がそのまま借り継いだ部屋みたいに、ＣＤがたくさんあるとか楽器が置いてあるとかいうわけでもなく、もちろん銃や日本刀が置いてあるようなこともなく、ヤクザ映画のポスターが貼ってあったり、映画の台本や小道具が並んでいるということもなかった。色味にも材質にも特にこだわりのなさそうな棚や簞笥《たんす》、テレビ台や卓袱台《ちゃぶだい》は、どれも使えさえすればいいと適当に買って適当に置いただけに見えた。日用品の他は漫画雑誌なんかが少し置いてある程度で、余計なものもあまり目につかない。目立つのは、狭い部屋のわりにでかい液晶テレビと、その脇に並んだ映画のビデオテープやDVDだった。映画が好きなのだから納得だけれど、これもコレクションしているというよりは、駅なんかで時々売っている廉価版の名作や、レンタル落ちの中古なんかが時代も国もジャンルもばらばらに並んでいた。しかしそれでも、松林さんって何の仕事してるんですか？　のひと言を口にできなかったのは、やはり他人を自室に入れてなお、それ以上踏み込ませない一線を相手に対してそれとなく示すだけの圧みたいなものがあり、私がそれに圧されていたということなのかもしれず、ならばやっぱり本当はヤクザだったのかもしれない。そう思うとあの無機質な部屋がいかにもそれらしい殺伐さだったようにも思えてくる。

私の部屋の前の道に面した窓と左右対称に、松林さんの部屋の壁側の窓はアパートの裏手に面していて、こちらは方角的には西になるが、裏の家の庭木が影になって日は入らなそうだった。煙草のヤニで茶色くなったカーテンを開けて窓の外を眺めると、庭木の枝葉が手を伸ばすと届くところにあって、枇杷《びわ》だよ、と松林さんが言った。時々届くところになってるのを失敬して食ってるよ。下を見ると、庭に白い犬がいた。ふだん自分の部屋からはこの庭は見えない。犬がいたなんて知らなかったが、見たらよく散歩中に松林さんにじゃれついてる犬で、ということはその飼い主のしわしわのおじいさんの家だということだ。私の部屋の北側の窓からは、見下ろすと隣の敷地との間に緑の小さな葉の雑草が密集して生えていて、夏は黄色い花が咲いた。

松林さんは、ビデオテープをデッキに入れながら、これは映画の撮影所の映画なんだよ、と言った。映画がはじまっても、松林さんは黙って観ることをせず、一場面ごとに解説を加え感想を述べるので、うるさくて全然落ち着いて観られない。

＊

虹の都　光りの湊　キネマの天地
花の姿　春の匂い　あふるるところ

カメラの眼にうつる
かりそめの恋にさえ
青春燃ゆる　生命は踊る　キネマの天地

峠茶太郎です。映画を観たことなくてもこの主題歌は知っているでしょう。私も知っていた。

「蒲田行進曲」は一九八二年の映画だから、私が生まれる七年前だけれど、どこかしらでその歌を耳にしていて、覚えていたということだ。それにそもそもこの歌は、昭和の初めに五所平之助という監督の映画で使われてヒットしたものだそうだから、今から数えたら九十年くらい前の歌ということになる。

銀ちゃん。倉岡銀四郎。東映を背負って立つスター、看板俳優だ。映画は、さっきの主題歌のあと、京都太秦《うずまさ》の撮影所の遠景からはじまる。

映画の撮影所というところは、本当に奇妙で不思議な世界です。偽りの愛さえも、本物の愛にすり替えてしまうようなこの世界……と、活気のある撮影所のカットに重なる松坂慶子のナレーションは、この映画のストーリーを暗示してもいて、なかなかに意味深長なのである。そう、偽りの愛が本物の愛に、すり替わる。

俳優、監督、大勢のスタッフが、ばたばたとせわしなく動き回る。カメラを載せたクレーンが運び込まれるのは京都の花街。ライトが点く。カチンコが鳴らされて、華やかな着物の遊女や客の町人らが騒然とするなか、原田大二郎演じる坂本龍馬が豪快に拳銃をぶっ放している。

撮影されているのは、五年に一度、東映が総力をあげて製作する大作映画「新撰組」で、主役の土方歳三を演じるのが銀ちゃん。銀ちゃんを演じているのは風間杜夫だ。

銀ちゃんは、車体に自分の名前と王将の駒の絵をプリントして電飾を張り巡らせた狂気的なキャデラックを乗り回している。酒にも女にも豪放で、原田演じる売り出し中の若手、橘をライバル視し、カットやアップの回数が自分より多いか少ないか数えては一喜一憂する、嫉妬深い目立ちたがり屋だ。

映画会社の専属俳優がいなくなった今ではそんな形も廃れてしまったのかもしれないが、スター俳優がそれぞれ売れない役者たち、所謂大部屋俳優たちをいつも何人か従えていて、あれこれ面倒を見させたり、使い走りをさせたりしている。銀ちゃんにもその取り巻きがいる。斬られ役などの端役をこなしながら、付き人のように銀ちゃんの世話を焼く。そのなかのひとりが平田満演じるヤスという男だ。映画俳優に憧れて熊本から出てきたはいいが、万年斬られ役の大部屋俳優に甘んじている。

このヤスが、銀ちゃんに女を押し付けられて、むりやり一緒にさせられる。会社の今後を担う看板役者として銀ちゃんを売り出す方針を固めた東映は、スキャンダルなどで足元をすくわれないよう身の回りをきれいにしておけ、と銀ちゃんを戒めた。銀ちゃんは身辺整理として、ずっと一緒にいた女をヤスに押し付けたのだ。しかも、女は妊娠している。

ひどい話ねえ、と目見ちゃんが言って、あんまりだよねえ、と私も返した。

「新撰組」のクライマックス、池田屋事件。土方に斬られた浪人が派手に階段を転げ落ちる階段落ちの場面が、お決まりの見せ場になっている。その場面のために監督は巨大な階段のセットを用意していたが、五年前、前回の撮影では階段落ちを演じた俳優がけがの後遺症で半身不随になっており、会社が危険な撮影に許可を出さない。俳優も恐がって誰もやりたがらない。階段の製作は中途で止まったままだった。

しかし銀ちゃんは、自分が主役を務める「新撰組」を成功させるために、なんとしても巨大階段での撮影を敢行するよう監督に直談判する。監督も撮りたいのはやまやまだが、しかし肝心の俳優がいない。東京から呼んだスタントマンも、階段を見たら怖じ気づいて東京に逃げ帰ってしまった。引き受ける役者が見つからなければ撮りようがない。

監督が苦々しげに、昔のスター俳優には、そいつのためなら命投げてもいいって言える子分の五、六人いたって話だけどね、そう言って銀ちゃんの取り巻きの大部屋俳優たちを見るが、ヤスたちは尻込みするばかりだ。憮然としている銀ちゃんのもとに、駆け寄ってくる若い女は高見知佳だ。

それが妊娠して捨てられる銀ちゃんの女？　と目見ちゃんが訊く。

違うよ、それは松坂慶子。松坂慶子は銀ちゃんとは腐れ縁の、小夏っていう売れない女優。そう、俺が仙台で別れた女の名前は実はこの小夏からとったんだけれど、実際松林さんの部屋でこの映画の松坂慶子を見ながら、俺は仙台の小夏さんを思い出しちゃったな。アンニュイで、色っぽくてね。だんだん俺の記憶のなかでは、小夏さんが松坂慶子になってきてるんだけど、まあそれはともかくとして、小夏は、若い頃には主演を務めたりもしていたけれど、今は人気がなくなって、スターの銀ちゃんとは不釣り合いだと負い目を感じてもいる。その小夏に子どもができたとわかるや、銀ちゃんはヤスに小夏をおしつけちゃうんだけど、そこは大事なところだからもうちょっとあとで詳しく話すからね。私はそんな話をしながら、自分の話し方が松林さんが映画を観ながらひっきりなしに解説を加えるあの話し方と同じになっていると気づいた。

じゃあその駆け寄ってきた女は誰?

だから、高見知佳だよ。まぁ高見知佳ったって知らないよね。俺も知らなかったし。でも松林さんは十代の頃とかに見てたから、うおー出たー高見知佳だー、って騒ぐんだよ。エロいー、って言って、高見知佳の歌うたいはじめるんだよ。

歌手なの?

アイドルだったんだよ。「くちびるヌード」って、またエロいタイトルの歌だよね。で、その高見知佳は銀ちゃんのファンの女なんだけどさ、真っ赤な外車から降りてきて、色紙なんかいらないからここにサインしてくれ、って言ってスカートたくし上げて太ももを出したりすんだぜ、ワオ。で、銀ちゃんは小夏を捨ててこの高見知佳とくっついちゃうんだよ。高見知佳、すっげー水着着てんだよ。

水着で外車から降りてきたの?

違う、水着はもっとあとの方の場面だよ。こう緑のね、横から見たら裸みたいな水着。

なんだか話があちこちいってて全然わかんない。今、映画のどのあたりまで進んだの? 階段落ちの話はどうなったの?

まだまだ。まだはじまってから三分くらいのところだよ。

えー。

＊

峠茶太郎です。突然ヤスの部屋を訪ねてきた銀ちゃんは、きったねー部屋だな人間の住むところじゃねえなここは、と言って、捨てちゃえこんな布団、これも捨てちゃえ、と二階の窓から布団や卓袱台を放り捨てる。太秦荘と看板の架かったそのボロいアパートは、少しかたばみ荘に似ていた。

かたばみ荘の取り壊しが決まったのは今年の春頃、大家から口頭と書面で知らされた。ついては年末までに退去してほしい、とのことだった。今は十一月で、その期日があとひと月ほどに迫っているわけだけれど、次の部屋探しは先延ばしにして全然何もしていないからどうしたものか困っている。

不動産屋の張り紙、住宅情報誌、インターネット、ちょこちょこ探してみたものの、今の家賃と同じような部屋は見つかりそうもなかった。まあそれはそうだ。いまどき都内で月三万円の部屋というのは、広さとか築年数とか抜きにして、そもそもそんな家賃の物件自体がない。

土方の仕事を終えてこの喫茶店に寄り、そんなことを目見ちゃん相手に嘆いていると、あとから入ってきてカウンターに座った男が声をかけてきて、そのアパートのことを訊きたい、と言う。

私よりひと回りくらい上、四十にかかるくらいか。目立たない冴えない感じの男だった。話すのは構わないけれども、いきなり不審ではある。そんな感じを出しつつ理由など訊ねてみると、男は自分から声をかけてきたくせに困ったような様子で、いや、ごく私的な興味で、つまらない趣味のようなものなんですけど、と要領を得ないことをごにょごにょ繰り返した。

いや、話してもいいんだけど、なんでかなと思って。思いません、普通？　と私が言うと、男は、いや、ごく私的な、趣味のような、とまた同じことを繰り返すので、私は、もしかして何かの捜査とかですか？　と訊いてみた。刑事？　あ、探偵とか？

するとと目見ちゃんも、探偵がそんな簡単に身分明かすわけないじゃないですかー、と言いつつ興味津々といった様子で男の方を見ていて、男は、これではかえって具合が悪いと思ったのだろう、少し居ずまいを正し、観念したような様子で、実は自分は小説家なのだ、と言った。

数年前にある新人賞を受けてデビューし、その後何作か雑誌に作品を発表した。とは言え一般的には全然知られていないし、小説家も今時はそれだけでは全然食えぬので、平日はごく普通に会社勤めをしている。小説を書いていることは会社には隠しているというか、特に言う必要がないので誰にも伝えておらず、そういう事情もあるので顔や本名は極力表に出さずに作家活動をしている。だから申し訳ないがこの場では筆名を伏せさせてもらいたい。

最近買い替えたスマートフォンで、早速その小説家のことを調べてみようと思っていた私は、目見ちゃんにちょっと舌を出して見せ、電話機をカウンターの上に戻した。

その代わり、本名はきちんと、と言って彼は、日暮《ひぐれ》と申します、と名乗り、これは勤め先の名刺ですが、と椅子の背にかけていたリュックサックから名刺入れを取り出して私と目見ちゃんに名刺をくれた。

実は執筆のための取材で、古い建物のことを少し調べているんです、と小説家は言った。と言っても、何か事件を追ったり、歴史的なことを調べたりするわけではなくて、週末のたびにこうしていろんな街を訪れては、その土地土地の様子、街並や建物なんかを眺めて歩いたり、地元の人の話を聞いたりするという、まあさっきも言いましたけど、知らない人から見たら、つまらない趣味みたいなもので。

なるほどたしかに、そんなことをしておもしろいのか、何の取材になるのかわからない、と私は思った。小説なんて全然読まないし、そんなことをしてどんなものが書けるのか想像もつかない。

取材と言っても自分の場合は、そこで見聞きしたことをそのまま書いたりすることはなくて、書いてみようとしている場所や出来事に関わりのありそうな場所に実際に足を運んで、そこで時間を過ごすことが、書くことをこう、裏から、あるいは底から、ぐぐっと支えてくれるような感じがするのです。もちろん資料にあたって調べないといけないこともいろいろ出てきますが、なんということはない暮らしぶりだとか、文献として残らないような、平凡で些末な事柄などは、実際にその場所を訪れないとなかなか知ることができず、しかしそういうものの方が、書き手にとっては刺激になったり、肝心の書きたい事柄を後押ししてくれるものなのですね。ちょっと抽象的で、わかりにくい話かもしれませんが。すみません。

日暮氏の名刺には、ナントカ産業株式会社というそれだけでは業種の不明な社名と、日暮純一という氏名があった。所属は開発部とある。社の代表番号のほかに、個人のメールアドレスと携帯電話の番号も書いてあった。

　僕、名刺とかないもんで、と私はカウンターの紙ナプキンを一枚とって、目見ちゃんにペンを借り、峠茶太郎、と名前を書いて日暮にわたした。なんか僕の方がペンネームみたいですけど、本名なんですよ、と私は言った。ふざけた親父でね、こんな犬みたいな名前つけられちゃって。

　具体的には、先ほどお話しになっていたお住まい、アパートのことをうかがいたいのですが、と日暮は言った。

　よくわからない奴だな、と思いながらも、別にそんなに聞きたいなら減るもんでもないので構わない。そう思って話しはじめたわけだが、話しているうちにアパートの話というか自分の半生記のようになってしまって、関係のない映画のストーリーの解説みたいなことまではじめてしまった。これこのまま続けていいの？　と日暮に訊くと、まじめな顔で、大変興味深いです、と言うのでそのまま話し続けることにする。日暮は「蒲田行進曲」は観たことないそうだ。小説家なんだったらこんな有名な映画は観ておいた方がいいんじゃないの、と私が偉そうに言うと、日暮は、勉強になります、と応えた。

＊

峠茶太郎です。ヤスのアパートを訪ねてきた銀ちゃんは、女連れてきたんだ、と言って小夏を部屋に入れる。赤い夏物のワンピースを着た、浮かない表情の松坂慶子が入ってきて、何事かと困惑するヤスに、銀ちゃんは、頼みがあんだけどよ、と切り出した。

茶色いティアドロップ型のサングラスをかけた松坂慶子の顔は、銀ちゃんとヤスのやりとりを背に、ずっと画面の方を向いていて、話が核心に及ぶと画面から逃げるように身をひねって横を向いた。ワンピースと同じ赤いイヤリングが、ボリュームのあるロングヘアーのなかにちらりと見える。首もとにはブルーのスカーフを巻いていた。

銀ちゃんは総柄の背広にパナマ帽、例のキャデラックと同じ王将柄のネクタイというこれも狂気的な服装で、ヤスはランニングシャツ姿だったがその上から銀ちゃんにもらったピンクの背広を羽織っている。

つまり小夏のお腹がこれなんだよ、と銀ちゃんは手で膨れた腹の形をつくって見せる。おろせって言ったら、これが最後かもしれないから、どうしても産むって聞かねえんだ。

顔をそむけた小夏の後ろ姿を呆然と見つめるヤス。銀ちゃんがヤスの前に手をついて頭を下げる。

なあヤス、この通りだ。俺を助けると思ってよ、小夏と一緒になってくれ。

思わず自分も銀ちゃんの前に手をついて聞いていたヤスは、え？　と言って小夏の方を見た。小夏は動かず、背を向けたまま窓の方を向いていた。と、ここでさっきまで明るかった空が急に暗くなり、開け放した窓から風が入って、汚いカーテンと窓辺に吊るされた洗濯物が不穏に揺れはじめた。嵐だ。

一生悪いようにはしねえから、と銀ちゃんに迫られたヤスは、何とも返事ができずに固まっていたが、銀ちゃんは、小夏、こいつはわかってくれる奴なんだ、とひとり合点して、ヤスに判子を出させて背広の胸ポケットから取り出した婚姻届に判をつく。

よし、これでことは済んだ、と立ち上がった銀ちゃんに、でも、小夏さんの気持ちも聞かないと、とヤスが言うと、銀ちゃんはヤスの頬を張り飛ばし、誰に向かってものを言ってんだ、ともう一発頬を張る。夜みたいに暗くなった室内に、ヤスが倒れて転がる。鋭い雷鳴がして、稲光で窓の外が青白く光る。ふたつ、みっつと続く雷に、小夏が思わず声を上げ、身をすくめる。強い雨が降り出した。

銀ちゃんは、おびえる小夏を見つめて、小夏よ、と語りかける。窓辺に腰かけ、うなだれて、小夏、俺、お前がいなくなってやっていけるのかな、と弱音を吐きはじめる。本当言うと、この先ひとりぼっちで、不安なんだよ。銀ちゃんは小夏の前に腰を下ろし、今度は正面から向かい合う。外は依然強い雨が降って、雷鳴が続いている。この俺の小っちゃな肩に、東映なんて大きな会社担えると思うか？

銀ちゃん、とうつむいたままサングラスを外した小夏は、わかった、もうわがまま言わない、と呟く。もう迷惑かけないからさ、銀ちゃんも橘なんかに負けないで、映画ヒットさせてよね。顔を上げて銀ちゃんの目を見つめ、両手で銀ちゃんの腕を抱く。また雷鳴と稲光。銀ちゃんとの別れに涙を流す小夏。

そんな泣かせること言うなよ、と銀ちゃんも小夏を抱き寄せ、俺、つらくなっちゃうじゃねえか、とわんわん泣き出す。抱き合うふたり。ふたりの横で正座したヤスも、涙を流しながらそれを見ていた。

銀ちゃんは、小夏を抱く肩越しに嗚咽を続けながら、ヤス、小夏のことよろしく頼むな、と言った。お腹が大きいんだから、銭湯なんか行けねえんだ。こんな部屋じゃなくて、風呂付きのアパートに変わってやってくれよ、な、頼むよ。

泣きながらうなずくヤス。銀ちゃんにしがみつく小夏も大きな声をあげて泣いている。

ヤスは銀ちゃんのそばに駆け寄り、涙を拳で拭い、わかりました、と意を決して言う。俺、一生懸命やりますから。だから銀ちゃんはいい仕事をしてください。小夏さんのこと、俺、大切にしますから。

しかしそれを聞いた銀ちゃんは、小夏の胸から顔を上げてぎろりとヤスの目をにらんだ。おめえ、もしかして嬉しいのか？　おめえ、そんなに、女に飢えてたのか？

いや、とヤスはたじろいで後ずさりながらも、銀ちゃんは映画やレコードをヒットさせることだけ考えといてください、と言う。あとは俺に任せて……。

ヒットはさせるよ。当たり前じゃねえか、俺がやるんだから！　と立ち上がる銀ちゃん。俺に任せろ、だと？　何を任せるんだ、お前によ！　と銀ちゃんはヤスの胸ぐらをつかんで、床に叩きつけた。

やめて、銀ちゃん！　と小夏が止めるが、お前は黙ってろ、と一喝して銀ちゃんはまたヤスにつかみかかる。てめえ、ただ乞食みてえに仕事を待ってるだけの奴が聞いたふうな口抜かすな。お前が今まで自分の手汚して仕事をとってきたことあるのかよ。みんな俺が頭を下げてとってきたんじゃねえのか。そりゃセリフもねえような役しかとってこれなくて申し訳ねえと思ってるよ。でも俺も精一杯なんだ。お前に才能があるのかよ。銀ちゃんはヤスの頰を引っぱたく。役者としての才能があるのかよ、お前に！

ありません！

てめえの力量でかっさらってくるものなんだよ、役も女も。見てろ！　そう言って銀ちゃんは小夏の方に向き直り、小夏を押し倒す。こうするんだ！

何すんのよ、やめてよ、と叫ぶ小夏。

啞然としてそれを見ているヤス。

愛してる！　好きだ！　と銀ちゃんはヤスの目の前で小夏の体をまさぐって服を剝ぐ、と、ここで情熱的なギターの音楽が流れてくる……。

ギターを抱えた格好をして、そのフレーズを口ずさんでいると、茶太郎さん、ここスナックじゃないんで、と目見ちゃんがさめた口調で言った。そういうのやめてください。

目見さんは、と日暮が目見ちゃんに向かって言った。目見さん？　こいつ馴れ馴れしいな、と私は思った。私が話をしているうちに、この場に生じた親密さに乗じて、名前で呼んでみやがったな。てめえ。てめえこの野郎。私が少し銀ちゃんの調子でそんなことを思っているのに気づいた様子はなく、目見さんはその映画はご覧になってないんですか？　と日暮は言った。

観てないんですけど、こうやって茶太郎さんから何度か話を聞いたので。

松坂慶子の胸がはだけてよ、と私は話を続けた。銀ちゃんがおっぱいをこう揉みしだく、ヤスは見てらんないからたまらず部屋を出ていこうとする。でも銀ちゃんが止めるんだ。見てろって言ったろ！　そう言ってヤスの見ている前で小夏と一戦交えるんだな。松坂慶子が喘ぎながら、銀ちゃーん、って叫んで、外は雨が降り続いてる。まだこれでも映画は二十分ほどしか進んでません。

茶太郎さん、そろそろ閉店なんですけど、と目見ちゃんが言った。

＊

木下目見です。私は福岡の生まれで、大学の時に東京に出てきた。親は地元の大学に行ってほしいと言っていたが、十代の頃から好きだった小説家が通った大学にどうしても行きたくて、がんばって勉強して合格し、親に無理を言って東京に出してもらった。

大学まで歩いても通える東長崎のアパートを借りた。かたばみ荘じゃないですよ。大学一年の頃からこの店でアルバイトをして、四年生になって就職をどうしようか、東京に残るか地元に帰るか、いろいろ考えていた時に、年齢のこともあって店に立つのがつらくなっていたこの店のマスターから、ここで働かない？　と言われて、そりゃいいや、と乗っかって雇われ店長になって今に至る。アルバイトから店長という立場に変わっても、週三日だった出勤日が毎日になっただけで、やることはそんなに変わらない。東京に出てきてもうすぐ十年になるけれど、その十年のほとんどを、私はこの街とこの店で過ごしていて、私にとって東京の中心はここだ。

　店は朝十時から夜の八時まで。水曜日がお休みで、それ以外は毎日私がカウンターにいる。あとは学生のアルバイトが数人、早番と遅番とで分かれて店にいる。繁華街ではないから、お客さんは近所の老人や奥様方が多い。あとは学生、仕事の打ち合わせなんかに使う営業マンみたいな人も結構いる。コーヒーはマスターが昔から付き合っている葉山の豆屋さんが送ってくれて、そう変わったものはないけれど軽食も出す。サンドイッチにホットドッグ、ピザトーストに、ナポリタン。ホットケーキにアイスクリーム。

　峠茶太郎は週に三日か四日くらい店に来る。だいたい五時前後のことが多い。仕事の帰りの時もあれば、休みの日に家で勉強をして気晴らしに来ることもある。決まってカウンターの端の席に座り、本を読んでいることもあるけれど、その時間帯はたいていあまり店は忙しくないから、カウンターで少しのんびり片付けや仕込みをしている私とおしゃべりして、七時くらいに帰る。十年もいると、常連のお客さんも入れ替わる。学校を卒業したり、引っ越しして来なくなる人、なくなった人も何人かいる。新しくやって来てだんだん常連になる人もいる。茶太郎は私がまだ大学生だった頃から来ていたから、ずいぶん長い方だ。ごくたまにだけれど、店が終わったあと一緒に飲みに行ったりすることもあったし、近所の飲み屋でたまたま会うこともあった。

今日は土曜日で終わりの早い仕事だったらしく、茶太郎は四時頃店に来た。最近は店に来ると、いよいよアパートの立ち退きが迫ってきたからと、スマホで物件情報ばっかり見て、ここはどうか、こっちはどうか、と私に見せてくる。私は東京に出てきた時に住みはじめたアパートに今も住んでいて、そんな物件のこととか全然わからないが、彼は私に参考になる意見を求めているわけではなくて、ただしゃべりたくて来ている。

店はだいたいいつもの土曜日の混み具合で、夕方になると駅の近くや、商店街は人出が増えるけれどうちの店はあまりお客さんが来ない。今日はカウンター席に茶太郎がひとりと、あとテーブル席にふた組、常連のおじさんたちが煙草を吸ったり、新聞を読んだりしていた。五時過ぎに地味な感じの男性客が入ってきて、テーブルも空いていたけれどカウンターの真ん中の席、茶太郎の席からひとつ空けた席に座って、コーヒーを頼んだ。

茶太郎は、カウンターに客が増えても、気にせず私に物件情報やかたばみ荘の話をしていた。築五十年くらいになるかたばみ荘は、私も何度か前を通ったことがある。いつも通る場所ではないのでぼんやりした外観しか浮かばないけれど、たしかにぼろい建物だった。古い建物なら、年々減っているとはいえこのあたりにもまだ結構残っている。でもかたばみ荘の場合、古いだけでなくろくに手入れをしていないから、傷みが激しくあばら屋みたいな外観になっていた。大家が極度の倹約家なのか、不動産屋を介さない特殊な住人紹介制を敷き、住人が入れ替わる時も鍵の交換や部屋のクリーニングはしないらしい。なにそれ超不安。日常生活に支障のある程度の故障や損傷になると、ようやく渋々といった調子で修繕してくれるらしいけれど、ガスや電気系統でなければ、元水道工の大家の旦那さんが簡単な工具を持ってやって来て、素人仕事で穴を埋めたり、蝶番を取り替えたりしていくそうだが最近は足を悪くしてそれも期待できないという。

そんな話をしていたら、隣にいた男のお客さんが茶太郎に声をかけて、そのアパートの話を聞かせてほしい、と言い出した。さっきから何か話にまざりたそうな様子を私は見てとっていたのだけれど、聞けばその人は小説家なのだという。大学では文芸学科にいて、小説みたいなものを書いてみたこともあった私は、ちょっと興味をひかれた。

毎日お店に立っているから、人の顔を覚えたり、人間観察することも仕事のうちで、どんなに地味な人でもどこかしら特徴をつかまえて、その人のことを見はじめる。筆名は明かせないそうだが、日暮という本名を教えてくれたその人は、髪型も服装も地味だけれど、気を遣っていないわけではなくて、シャツもズボンもそこそこい仕立てのものを、きれいに着ていた。隣の茶太郎は仕事帰りの作業ズボンに汚れたパーカーだから、対照的だった。

茶太郎がかたばみ荘の話をはじめたはいいが、私はもう何度も聞いたことのある昔の苦労話や、柚子ちゃんとの悲しい思い出ばかりで肝心のアパートの話になかなからない。やっと少し住人の話をはじめたと思ったら、映画の筋をだらだら説明しはじめて、その小説家も迷惑なのではないかと気にしながら見ていたけれど、案外そうでもないようで、笑ったり口を挟んだりはしないが興味深げに聞いていた。

意外だったのは、震災後にそこまで茶太郎がナーバスになっていたという話で、私からするとそれはやっぱり柚子子との微妙な関係の変化が影響していたことのように思うけれど、本人でないから私にはわからない。

茶太郎の「蒲田行進曲」の話を聞きながら、私は、茶太郎が大事な一件を話さずに済ませたことに当然気づいていた。

柚子子とはそれっきりだ、などと言っていたがそれは嘘で、茶太郎は柚子子と一度よりを戻した。結局それはまた数か月で破綻してしまったのだけれど。だから、茶太郎がわざわざそのことを、この今日はじめて会った小説家に話さなくても、別にそれが真摯でないとかいうことはない。茶太郎は一緒に聞いている私が、その嘘というか省略に気づくこともわかるはずだが、別に気づかれても構わないと思ったということだ。

　柚子ちゃんと、また、戻るかもしれない。店にやってきた茶太郎が、さりげなさを必死に装って言ったのを覚えている。元の、さやに。

　あの時の茶太郎はダサかった。別れたのが震災の年の夏で、それを聞いたのはその年の冬、年末近い頃だった。

　えー、そうなんですか、と私はびっくりした感じで返した。実際ちょっと驚きはしたけれど、それよりもどうせならもっと無邪気によろこんで報告すればいいものを、格好をつけている茶太郎に鼻白んだ。けれどもここはひとつ素直に驚きを示しておこう。茶太郎はあくまでお客だし、他の客の手前、何を言われても一応ぞんざいな対応はしないのが私の立場だ。

　まあ、いろいろあってそういうことに、と茶太郎は依然として淡々と言った。半年前に、柚子ちゃん超かわいい、とはしゃいでいたお前はどこへ行ったんだと意地悪も言いたくなるが、要するに佐々木柚子子は、脱原発かなにか知らないが熱を入れていた運動で疲弊してそこから離脱して、おそらくはその仲間だった浮気の相手とも結局うまくいかず、茶太郎のところに戻ってきたということらしい。メールも電話もつながらなくなっていたところ、かたばみ荘の茶太郎の部屋に柚子子から手紙が来て、自分の過ちを詫び、茶太郎のことがやっぱり忘れられないから云々、で、茶太郎が手紙に書いてあったメールアドレスに連絡をして、一度会うことになったらしい。すんのかよ、連絡。まあするのか、茶太郎。

元々は茶太郎がひと目惚れした相手だったが、今や形勢逆転、といった状況で、まあそんなのはよくある話で、喫茶店なんかで働いているとそんな話いくらでも耳にするのだが、はっきり言って茶太郎は、そんな紆余曲折の果てに戻って行く先として間違っている。柚子子と付き合っていた頃の彼は家賃三万円の家に住むフリーターだ。今もだが。付き合う男として危険すぎる。なのになぜ、と言えば柚子子は結局、茶太郎の顔にひかれているに違いない、と私は思い、これもまた世の中には掃いて捨てるほどよくある話なのだった。

彼の見た目はちょっとしたものであることには間違いない。茶太郎本人がどこまで自覚的か知らないが、仙台の小夏さんとやらがヤクザを袖にして、危険も顧みず熱を上げたのもよくわかる。いわゆる甘いマスク、というのとは違う。古い映画俳優みたいな力みがあって、若い頃のアラン・ドロンから二、三歩ずれたような顔をしている。そのずれが癖になる。ぱっと見た時よりも、あとからじわじわと表情の細部を思い出してしまうような顔をしている。どんなに二枚目でも女にもてない顔とか、いわゆる二枚目ではないけれど女にもてる顔というのがあって、私は職業柄それがよくわかる。茶太郎は完全に後者だ。ついでに余計なことを言えば、この顔にひかれる女は、だいたい男で苦労するタイプだ。

それで茶太郎は、今度の水曜日に柚子子と会うから、一緒にうちでご飯食べないか、などと私を誘ってくるので、そんなのふたりで食べたらいいじゃないですか、と至極真っ当なことを私は言ったのだけれど、茶太郎は、なんかふたりだと気まずい、などと言って要領を得ない。

私はだんだん腹が立って来て、それならよりなんか戻さなければいいし会わなければいい、と言うと茶太郎はしばし黙っていたが、意を決したように、浮気のことを聞かされた時に自分を襲った怒りが再燃するのが怖いんだよ、と言った。

殴ったりしちゃいそうってこと？

そう。

でももう過ちは水に流して、っていうことでまた会うわけでしょう。

まあ、それはそうなんだけど。でも水で流れる過去なんてないわけで。便所じゃないんだから。

そんなの、私知らないですよ。もし茶太郎さんが怒り出したとして、私が止められるものでもないし。

相手がいなければ、自分だけの問題なら、柚子ちゃんのことを許せると思ってたんだけど、いざ本人を目の前にした時に、どんなふうに柚子ちゃんを許せばいいのかわからない、みたいなことを茶太郎は言ったけれど、私には根っこのあたりからよく意味がわからなかった。許すというのは、そんな一方的なものではなくて許す相手や事柄に向ける相互的なものではないのか。

だいいち何で私なんですか、同じアルバイト先だったんだし、その時の友達とかいないんですか。

柚子ちゃんが、目見ちゃんなら一緒にいてもいい、って言ってて。

えーなんでですか、と言いつつも、くっ、と思った。というのも、これは茶太郎には内緒なのだけれど、実は夏に柚子子が茶太郎に浮気を告白した時、私は彼女から事前に相談を受けていたのだった。

珍しく柚子子ひとりで店にやって来たと思ったら、彼女は私に、他に好きな人がいるから茶太郎と別れたいと思っている、と打ち明けた。茶太郎と親しそうな私に相談に乗ってほしかったようだけれど、私は柚子のことはそこまでよく知らなかったし、話は聞いたけれど彼女が求めていたかもしれない助言や仲介はしなかった。というか、そんなもの茶太郎がどう言おうが、もうさっさと別れる以外にしょうがないではないか。と、思ったけれど言わなかった。

そのことが私にとって何か負い目になっていたわけでもないのだが、結局私は、次の水曜日、茶太郎と一緒に駅で佐々木柚子子の到着を待っていた。約束した十二時ちょうどに彼女はやって来た。黄色いダッフルコートに茶色いマフラーを巻いて、マーチンのブーツを履いていた。グレーのニットキャップを被っていた。少し茶色く染めた髪は、前よりも少し短くなっていたが、服装も雰囲気も、半年前と大きく変わった印象はなかった。黄色いコートも、茶色いマフラーも、去年の冬に着ていた覚えがある。柚子っていうよりバナナみたいだな、と思っていた私は意地悪だ。改札を出てきた柚子子は、こんにちは、お久しぶりです、と明るい表情で茶太郎と私に言った。

思いのほか明るいな、というのも私の意地悪な見方で、もっと神妙な感じだったらそれはそれで白々しく思ったかもしれない。けれどもいずれにしろ、きっとこの顔で、この声で、と決めて、練習したその通りに柚子子はたぶん現れた。とかいちいち考えている自分が早くもいやになってきながら、私は、何事もなかったように、久しぶりー、と柚子子に手を振った。

茶太郎も、おうおう、などといつもの、というか、かつての調子で、手を挙げたのだったが、三人が三人上滑りしていて、そしてそのことに全員が気づいてもいて、先が思いやられた。この茶番が最後まで続くと考えれば気が重いし、どっかで破れる局面が訪れるならそれはそれでそんな場には居合わせたくなかった。

外で何か食べればいいのに、と思ったのだが、茶太郎はかたばみ荘の自分の部屋に行くと言った。あんまりお金がないらしい。私だってお金はないので、それはそれで助かるが、なんだか仲裁役か見届け人のような役割でやってきた自分が、ふたりと一緒に茶太郎の部屋にいることを想像したらまた一段と気が重くなった。

南口の階段を降りてスーパー西友に入った。すっかりきれいで新しくなった駅舎だが、私が福岡から出てきた頃はまだ工事中の古い駅舎だった。間もなく新しい駅舎に変わったけれど、最初に大学に入る前に母親とアパートを見に来た時に降りた駅は、古くて暗い駅で、工事中だったのもなおさらものものしくて、憧れの大学に進んで新生活がはじまる楽しさと同時に、ひとりで東京に出てきて暮らさなきゃいけない不安が急に押し寄せてくるように感じたものだった。スーパー西友は、その頃からずっと変わらずにある。

入口の外には野菜や特売の日用品が並んでいて、それを見ながら茶太郎はカートを引き抜き、カゴを載せた。総菜でも買っていくのかと思ったら、材料を買ってお好み焼きをつくると言う。カートを押す茶太郎と、その横を歩く柚子子の後ろについて見ていると、ふたりは別にもう違和感があるようにも見えなかった。茶太郎が指さしたキャベツを、柚子子がとってカゴに入れ、ひと玉じゃ多すぎるか、半玉にするかなど笑顔も交えながら所帯染みたやりとりをしていた。

私は幾分のけ者にされた気持ちで、ひとりで乾物売場に行って、桜えびや天かす、青のりなんかを手にとった。学生時代から毎日のように使っている店だから、どこに何があるかも全部わかる。学生の頃は、今日みたいに友達みんなでこの店に買い出しに来て、私の家で餃子をつくったり、たこ焼きパーティーをやったりした。私の部屋は学校に近いから、飲み会の会場にもよく使われて、友達が泊まっていくことも多かった。好きだった男の子を家に呼んで、やっぱりここで買い物をして、私が料理をつくったりしたこともあった。ハンバーグかなんか。照れるぜ。

大学を卒業したら、近所に住んでいたり住んでいないのにいつも近所をうろうろしていた友達がごっそりこの街からいなくなって、学生時代と同じアパート、同じ仕事場、同じ街に残った私は、自分でそれを選んだわけだけれど、取り残されたような気持ちにもなった。アルバイト先にそのまま就職することになった、と親に伝えると、一応もう少し大きい会社とかも受けたらどうか、とありきたりなことを言われた。私は何十社も履歴書を書いて送るような就職活動ははじめからするつもりがないと言うかできる気がしなくて、競争相手のいなさそうな、小さくて給料の安い会社でよさそうなところがあったら就職したい、と思っていたから親のそんな言葉には耳を貸さず、父や母としても私のそういう志向と頑固なところはわかっていたからあまり本気で言っていたのではなかった。ただ、そんな仕事ならこっちでもできるのだから福岡に戻ってこい、とは卒業後もしばらくのあいだ言われた。そこには、はっきりそうとは言われなかったが、卒業の直前に起こった震災と原発事故、特に原発事故の影響を心配して言っていた部分もあったのだと思う。卒業式が終わったら何日か実家に帰る予定だったけれど、卒業式が震災の影響で中止になったりもして、結局私はあの春ずっと東京にいた。五月の連休の頃に、マスターが休みをくれて、それではじめて福岡に帰った。離れてみると、あの時期東京にいることはそれだけで結構ストレスだったことを感じもした。

柚子子が茶太郎のことを相談しにきた時、私が口出しできることは何もない、と突き放した。けれど、茶太郎の話で聞いていた、彼女の魅力をすっかり奪ってしまったらしいデモや署名活動については、楽しくないなら休んだ方がいいよ、と言った。私がそんなこと言っていいのかわからなかったが、茶太郎がずっと言いたくて言えずにいたのはそれだろう。柚子子の顔が少し安心したように見えて、私はやっぱり言ってよかったと思った。彼女は二歳下だけれど、同じ福岡の出身だった。

ふたりを探しながら売場を歩いていくと、ふたりは肉売場に移動していて、また何やら楽しそうに豚バラなど眺めながら話していた。手に持っていた青のりなんかをカゴに入れて、私お酒買ってくるけど何がいい？　ていうか飲む、お酒？　私は飲むけど。

この店はお酒売場が分かれていて、入口の横のエスカレーターを上がった二階に、酒類と衣類なんかの売場があった。ふたりともビールでいいと言ったので、ロング缶の六本パックと、麦焼酎の瓶を一本買った。

三人で手分けして買い物袋を手にさげ、かたばみ荘に向かって歩いた。茶太郎は、先日の神妙な様子が嘘のように、久しぶりに会う柚子子を前にすっかり調子に乗って、というか、調子を取り戻していた。

これもやっぱりわかってしまうのだけれど、茶太郎の顔が二枚目から少し均整の崩れた絶妙に女好きのする顔であるのと同じく、柚子子の顔もまた、見ていて飽きず、男を引き寄せる顔だった。柚子子の場合、顔の造作というよりその表情に男はひかれる。ふつうにしていると小粒な目鼻がきりっとしたきれいな顔だが、笑うと子どものように幼い感じになる。私が男だったら、目の前であの表情をされたら、やっぱり好きになっちゃうかもしれない。そしてきっと、苦労する。

柚子子と家に着いたあとの段取りを話していた茶太郎が、あ、と言って立ち止まった。うちソースがねえや。

ソースなきゃだめだね。

もっかい戻って買ってこようか。

私は、私が買ってくるよ、と言った。茶太郎と柚子子はそれぞれ、いや俺が、いや私が、と言ったが、今この三人のなかで戻るべきはどう考えても私だ。茶太郎がいなければ部屋に入れないし、柚子子に戻らせて私と茶太郎でアパートに行くのもおかしい。アパートまで半分ほどのところまで歩いていたが、戻ったって数分だ。

じゃあ悪いけど先に行って支度してるから、と茶太郎は私に言った。わずかに私を見る目に申し訳なさの表れのような不安定さが漂っていた。忘れた買い物を頼む申し訳なさではなくて、今日付き合わせたことの申し訳なさだった。私と茶太郎はその一瞬だけ、柚子子を抜きに通信した。

　それで私はふたりの背中を見送ってから、スーパーには戻らず、酒の入った袋を持って目白通りの方へ路地を曲がった先にある公園に入って、ベンチでビールを飲んだ。十二月に外でビールを飲むのは寒い。思わず焼酎の瓶もあけて、そのまま口をつけてちびちび飲んでは、またビールを飲んだ。体はちっとも暖まらないでむしろ冷えていった。

　この公園は、長いこと工事をしていたのが去年終わって新しくなった。以前は保育園と区民プールがあったがそれがなくなって、広い敷地ぜんぶが平らな草むらになった。

　私はビールを二缶空けて、一回公園のトイレに行って、またベンチに戻ってきた。茶太郎と柚子子はどうしただろうか。キャベツを刻んで、粉を混ぜて、エビやチクワなども入れて、天かすも入れて、お好み焼きを焼いただろうか。それとも料理などそっちのけで乳繰りあっているだろうか。いずれにしろ私は戻らない。ソースのかかっていないお好み焼きを食べるがよい、ははははは、そう思いながら寒いなか、ビールを、とくとくとくとくと飲んだ。

＊

木下目見です。茶太郎と柚子子は、あの日、部屋でお好み焼きを焼いて、隣の松林さんにソースを借りて、松林さんも一緒になってお好み焼きを食べた、とあとで茶太郎に聞いた。私は次の日、店で近所に住む常連のお客さんに、目見ちゃん昨日の昼公園のベンチで焼酎飲んでたでしょ、あんなことしちゃだめよ、と言われた。

何がどうなったかは詳しく聞かないが、ともかくその日をもって復縁した茶太郎と柚子子は、それから間もなく結局破局して、以後私の知る限りではまったく関係は切れてしまったようだ。

という話を、茶太郎は小説家の日暮さんに話さなかった。で、代わりに私が話してみたのだったが、私は話しながら後悔していた。話せば話すほど、それは自分の話になっていき、茶太郎としては別に話すほどのことでもない、というだけの話だったのかもしれず、むしろそこにこだわっていた私自身のこだわりを、示してしまっただけのような気がした。私は、話しながら、自分は柚子子のことをちゃんと話せていないなと思った。柚子子は、茶太郎や私の話のなかにいたような、それだけの人ではない。ちゃんとうまく話せはしないが、それだけは言っておきたい。

それももう五年も前の話になるわけだ。大学時代の友達は、今はもうあまり近所には残っていない。卒業して六年になるから、無理もない。都内で働いている人は多いけど、しばらく大学時代の住まいに住んでいた人もひとりまたひとりと、東長崎を離れ、練馬区や豊島区を離れ、西武線沿線を離れ、東急線とか、京王線とかの方に、渋谷とか新宿で乗り換える街に、あるいはメトロで、根津とか、浅草とか、東側の方に。

お父さんもお母さんも福岡の人間で、昔ライオンズは福岡やったけんね。西鉄ライオンズ。それが埼玉に移ったとよ。今は西武ライオンズ。と実家に帰るとふたりで私に言ってくる。こっちは今ダイエーたい。あれも前は大阪で南海っていいよった。いや、お父さん、もうダイエーじゃなくなって今はソフトバンクよ。父母は同じライオンズだからと西鉄と西武鉄道を本気で同一視しているふしがある。ともかく私が西武線の沿線に住んでいるのをよろこんでいる。それでもお前、そんな喫茶店でアルバイトやらするとやったら、早く誰か見つけて結婚せんね。こっち帰ってきてもいいとよ。

結婚する予定も、そんな相手も、福岡に帰る気もないけれど、アルバイト時代を含めて十年も喫茶店で働いて、引っ越しもせず、ずっと同じ半径数百メートルからほとんど出ない毎日を送っていると、それでいいのか、ということはまあ、思う。学生時代の友達を見ても、卒業して六年同じ会社に勤めている人が何人いるか。ましてアルバイト時代含めて勤続十年という私の職歴は、長さとしても安定感としても抜きん出ていた。でも、結婚して子ども産むのが女性の幸せ、なんてね、今はそれだけじゃないし、もちろんそうしてみたい気持ちはありますけど、それだけではないのだし。

店の閉店時間になったが、茶太郎の話はまだ途中で、小説家の日暮氏も続きを聞きたがったので、私は店を閉めて三人で近くの焼き鳥屋に行った。茶太郎みたいな長年の常連ならともかく、そんなはじめて来たお客さんと飲みに行ったりなんかいつもはしないけれど、小説家という肩書きと、よくわからない取材に興味を持って、私ももう少し茶太郎の話を聞きたい、というよりはその日暮氏と話したかったのだった。好奇の心はもちろんあったけれど、一方で、茶太郎の話を聞いている日暮という男を観察するにつけ、胡乱《うろん》な印象も持ちはじめていた。この人はたぶん、小説家なんかじゃない。

焼き鳥屋に入ると、茶太郎はまた映画の解説をはじめた。

「蒲田行進曲」の小夏は、身重のまま銀ちゃんに捨てられて、というかヤスに押し付けられて、どうなったかと言うと、はじめこそ自暴自棄になっていたが、だんだんヤスに気持ちを移していく。

ヤスは、銀ちゃんの子を妊娠した小夏を一生大切にすると決めて、少しでも金を稼ごうと仕事に精を出す。ヤスたち大部屋俳優が受ける役の多くは、顔なんかろくに映らない。爆破シーンに、ビルから飛び降りる役、危険な役でもどんどんやった。全身に生傷がたえない。ヤスは日に日に包帯だらけになりながらも、月賦で家具を揃え、ぼろアパートも越して、小夏が体調を崩せば甲斐甲斐しく看病をした。熊本の人吉の実家にも小夏を連れて帰った。母親には、小夏の腹の子は自分の子だということにしてあった。小夏はいつしか、ヤスとの生活、そしてヤスとの将来を明るく考えるようにもなっていた。それは派手で豪奢な銀ちゃんと一緒にいた頃とは正反対の、倹《つま》しい暮らしに違いなかったが、小夏のことを、そして自分の子でもないお腹の子どもを大事に思ってくれるヤスの気持ちに、小夏は今の暮らしを大事にしたいと思うようになる。

すっかり腹の大きくなった小夏は、女房役も板につき、ヤスに手製の弁当を差し入れしたりする。あとは赤ん坊が無事生まれてくるのを待つばかりとなった頃、銀ちゃんが撮影所から姿を消す騒動が起こる。「新撰組」の撮影ではライバルの橘が台頭し、主役であるはずの銀ちゃんの存在感は日に日に薄まっていった。来年の正月のポスター、つまり会社の表看板の座も橘に奪われ、レコードデビューの話も流れてしまった。小夏を捨てて一緒になった高見知佳とも別れてしまった。ヤスは廃工場の二階に隠れていた銀ちゃんを見つけ出すが、すっかり自信を失った銀ちゃんはもう撮影には戻らないと言う。せめてラストシーンの階段落ちさえ撮ることができれば、主役としての存在感はいや増しに増し、興行の成功も間違いない。が、会社が撮影許可を出さないうえに、あの階段を落ちる役者がいないとなれば、もはやそれは叶わない。撮影所で製作中だった十メートル超の巨大階段は、今まさに半分にぶった切られようとしていた。

こんな粗筋ではとにかく人でなしな面ばかり強調されてしまうけれども、銀ちゃんには銀ちゃんの苦労がある。派手な世界のトップに立ち、いつ転がり落ちるか、はたまた引きずり下ろされるかわからない不安を常に持ち続けなきゃならない。極端に向こう見ずで、今がすべて。苛烈な感情にまかせた行動と、金と人気にものをいわせた馬鹿げた生活は、凋落を恐れる気持ちの裏返しでもあった。その不安は、体を張るだけのヤスにはわからないけれど、スターを夢見て、そしてその夢叶わずとも映画の世界にしがみつくみたいに生きているヤスにとって、銀ちゃんはそのよすがであり、自分たちの居場所である影をつくる光だった。

ヤスよ、俺たちは馬鹿馬鹿しい夢見てたのかもしれないな。階段落ちの撮影の中止が正式に決まって、急にやる気がなくなったという銀ちゃんは、そう呟く。

それを聞いたヤスは、自分が階段落ちを引き受けることを決意する。自分が映画の世界で生きていけるのも、小夏と一緒になれたのも、すべて銀ちゃんがあってのことだった。その銀ちゃんの窮地に自分が代わって立たなければ、それは自分が手にしたものを失うことと同じだ。

周囲に止められても、志願を取り下げることはなかった。いや、ヤスの申し出を受けて監督も撮影所も一転勢いづいて、いまさら引っ込みはつかなかった。小夏も当然、やめてくれと言うが、ヤスは聞かない。

どうしてそんな馬鹿なこと引き受けたの、と小夏に言われて、何が馬鹿なことなんだ、とヤスは言い返す。何もかもあのかわいそうな銀ちゃんのためじゃないか。誰のおかげで俺たちここまでやって来られたと思ってるんだ。銀ちゃんに電話をかけて撮影をやめさせようとする小夏の頬をヤスは引っぱたく。貴様まだ俺より銀ちゃんの言うことを信じてるのか、それなら今すぐ出ていけ！

茶太郎の話を聞く限りだけれど、私は銀ちゃんにも、ヤスにも、小夏にも、はじめから誰にも感情移入できないままで、このあたりまで来るともう心が冷めきってしまう。つらい。銀ちゃんは勝手でひどい男だし、ヤスはいい奴だと思いかけたら結局小夏に手を上げるし、小夏は小夏でいかにも古風な女房におさまっていくのが気に食わない。だが、映画はこのあたりからがむしろ盛り上がりどころで、茶太郎あるいは茶太郎にその解説をしていたという松林さんの口調にも熱が入ってたかぶってくる。

階段落ちの撮影の前夜、家でおでんを温めながらこたつにあたり、育児本を読んでヤスの帰りを待つ小夏。そこに泥酔したヤスが、大勢の客を連れて帰ってくる。誰かと問えば、酒場で募った生命保険の受取人たちだと言う。小夏は客らを追い返して泣き崩れる。

ヤスは、俺が死んだらお前と銀ちゃんにも三千万ずつ支払われるからな、と捨て鉢に言って、ぶー、とおならをする。

小夏がそれを手で扇ぐのを見たヤスは、また銀ちゃんを引き合いに出して当り散らす。机の上にあった茶碗を足で床に蹴り落とし、お前、と小夏に顔を寄せて睨みつける。前に銀ちゃんが屁をこいた時は、やだやだーなんて言って、よろこんで撮影所じゆう走りまわってたじゃねえか。銀ちゃんの屁は嬉しくて、戸籍に入った俺の屁はくさいのか。戸籍は屁よりも劣るのか！　泣いて謝る小夏に顔を寄せ、ヤスは卑屈に笑いながら、お前、銀ちゃんと話し合ったか？　生命保険の金の使い途《みち》。銀ちゃんなんて言ってた？　なあ、なあ、と絡む。

なんでいちいち銀ちゃんのこと持ち出すのよ？　私ね、あの人とはもうはっきり別れたのよ。そんなことより、私たちの生活のことどう考えてるの。

最近よ、銀ちゃん妙に冷てえんだ。いったい何が不服なんだ、このお腹の子どもまでのみこんだ俺のさ、何が不服なんだよ。今日だってよ、目逸らして逃げやがるんだ。明日はいよいよ階段落ちじゃねえか、そんなんでいい落ち方ができるかよ！　そう言ってヤスは衝立を投げ飛ばす。おでんの鍋を蹴りとばす。俺は明日死ぬかもしれねえんだよ！

だからやめてくれって言ったじゃないのよ！

冗談じゃねえや、じゃあ何のために俺はお前とくっつけられたんだ。腹ぼてのお前とよ！

くっつけられたわけ、私たち？

それだけじゃねえや。俺は何のために十年間もあの野郎に殴られてきたんだ。蹴っ飛ばされてきたんだ。棚の本をぶちまけ、みかんの入ったカゴを蹴り上げ、電話台を引き倒し、とうとうヤスは小夏まで蹴りつける。

お腹だけは蹴んないでよ！　私の子なんだから！

てめえと銀ちゃんの子なんか知るかよ！

どうしたらいいのよ私、何が不満なのよ。

俺にわかるかよ、万年大部屋の俺によ。

そんなふうに臨月の今になって言い出すんなら、どうして私のこと引き取ったりしたのよ。

俺は大部屋だぞ。お偉方の言うことだったら何でもへえへえ聞かなきゃいけねえんだよ。高い所から落ちろって言われりゃ飛び落ちる。すっ転がれって言われりゃすっ転がる。火かぶれって言われりゃ火かぶる。階段から落ちろって言われりゃ落っこちる。それで三千円だ、五千円だ。それが大部屋なんだよ。文句があるか！　怒鳴りながらヤスは部屋のなかを暴れ回り、木刀を振り回す。腹をかばいながら、やめてよ！　と泣き叫ぶ小夏……と、聞いていてもうつらくていやになるのだけれど、茶太郎的に重要なのはこのあと。暴れ回ったあとテーブルに突っ伏しているヤスの、泣きのセリフだ。

前は、何言われても平気だった。何言われてもへらへら笑ってやってきたのに、どうしちまったんだろうね、俺。お前のことを好きになればなるほどね、悲しいんだよな、この心が。お前とね、一緒に生きてこうって思えば思うほどね、切ないんだよな、この胸が。

あんた、と言ってにじり寄る小夏をヤスは抱きしめる。

お前とね、離れられなくなればなるほどね、苦しいんだよね、体中が。

あんた。

どうしちまったんだろうね俺は、本当に。

私のことで、ずいぶん苦しませせちゃったみたいね、ごめんね。

小夏の腕をほどき、立ち上がって、出ていこうとするヤス。その後ろ姿に小夏は、ねえ、今夜は帰ってきてくれる？　と呼びかける。帰ってきてほしいの今夜は。今夜か明日にでも、陣痛がはじまりそうなの。そりゃ、あんたの子でもないのに悪いとは思うけどさ。でも、やっぱり産みたいじゃない、女だもの。それにね、こんなこと言ったら、あんた笑うかもしれないけど、私、この生活気に入ってんの。大事にしてみたいの。あんたに殴られても、蹴られても、失いたくないの。

そう言ってヤスの肩に手をかける小夏。が、それを振り切って出ていくヤス。

閉まった戸を前にして、玄関にへたり込み、ひとり泣く小夏が呟く。やっぱりだめだったの、私たち？

と、そんな調子で茶太郎は、涙を流さんばかりにその場面を、実況中継のように話して聞かせるのだけれど、私は引いてしまう。映画はその後、ヤスが階段落ちの撮影にのぞみ、いてもたってもいられずに雪のなか撮影所までやってきた小夏が産気づき、互いに意識が遠のき、目を覚ました小夏が病院のベッドに寝ていて、横には包帯を巻いたヤスが無事産まれた赤ちゃんを抱いて笑っている、という結末でおしまい。

駅の近くの焼き鳥屋のテーブル席で、茶太郎の映画の話が終わったあと、私たちは三人でしばらく飲み続けた。茶太郎がトイレに立った合間に、私は見かけのわりに酒が強いのか、いくら飲んでも顔色も振る舞いも変わらない日暮に、あんな話映画一本観れば済むのに、取材になるんですかこんなんで、と訊ねた。

日暮は、ええ、と応えた。内容というより、話している様子とか話し方とかも、勉強になりますから。

それに、もともとはアパートの話が聞きたかったんですよね。

ええ、でも大丈夫。

日暮さん、ほんとに小説家なんですか？

＊

日暮純一です。私は本当は小説家ではない。

西武池袋線東長崎駅に降りたのは、その日がはじめてだった。十一月の晴れた土曜日で、この時期にしては気温が高く、しかし数日後には雪の予報も出ていて一気に冷え込むという。東京で十一月に雪が降れば、五十数年ぶりのことだとニュースで言っていた。事前に調べておいたかたばみ荘の住所をもとに、その建物と、周辺を歩いた。日射しがあたたかく、大家夫婦である万田敏郎と万田レイ子の家は、かたばみ荘から歩いて数分のさほど広くはない屋敷で、チャイムを押してみたが出かけているのか、誰も出てこなかった。

万田レイ子は、一九四一年にここからもさほど離れていない旧東京市板橋区東大泉町で、農家の長女として生まれた。終戦後、高校を卒業したレイ子は、同地にある大泉撮影所で働きはじめる。食堂かなにかで働いていたのか、どこかの部の下働きだったのか、それともなにか技術職だったのかは私にはわからない。

元々この撮影所は、戦前に多くの映画を製作していた映画会社新興キネマが、太秦を中心とした京都の撮影所と別に、現代劇の撮影に特化した撮影所として一九三五年に新設したのがはじまりだった。一九四二年に会社合併で新興キネマの名はなくなり、合併後の大日本映画製作株式会社、通称大映がこの撮影所も引き取ることになったが、結局この管理移譲と同時に撮影所は閉鎖してしまう。戦争激化によって、日本の映画製作本数が急激に減っている時期だった。

終戦後、撮影所が再開するのは一九四七年。東急などが出資して設立された太泉《おおいずみ》スタヂオが撮影所を買い取り、再び撮影所として映画の撮影が行われるようになった。一九五一年には、太泉スタヂオの後身、太泉映画を含む三社が合併して東映株式会社が設立され、今に続く東映東京撮影所の名称となった。この頃まだレイ子は十歳だが、彼女の少女時代のすぐそばにそうやって撮影所はあり、十八歳になったレイ子は撮影所のなかで働きはじめる。一九五九年のことだ。記録を見ると片岡千恵蔵の多羅尾伴内シリーズの後期が公開されていた頃で、その後東映の現代劇といえばなんと言ってもヤクザ映画。「網走番外地」「昭和残俠伝」「仁義なき戦い」、あとは「トラック野郎」か。高倉健、千葉真一、菅原文太。全部が全部ここで撮られたわけではないだろうが、そんな映画がつくられていた場所で二十歳前後のレイ子が働いていた。

現在も撮影所は残っているが、テレビドラマや特撮の撮影、併設された施設でのポストプロダクションなどの業績が目立つ。かつてのように「○○撮影所製作」と記された映画作品も見なくなった。撮影所のあり方や、映画撮影の方法じたいが変化しているのであろうことはわかっても、門外漢にはその変化の具体的な内容は想像もつかない。

撮影所まで足をのばしてみることも一瞬考えたが、歩いていける距離ではなく、それに行ったところでいきなりなかを見て回れるわけでもないだろう。というか、撮影所を見たいわけではないし。レイ子が今そこで働いているわけでもない。

もう一度かたばみ荘の場所まで戻ってみて、前の道からそのおんぼろの外観を眺めた。すぐそばの踏切を西武線の列車が通って行くと、前面の錆びた鉄階段がわずかに余韻のようにきしんだ。外壁のモルタルはところどころ剝がれ落ちて、内側の板が見えている。ひび割れは至る所に、そこにできた染みが広がり、隣の染みと重なっている。濁って部分部分異なる色味は、汚れによるものなのか、塗り直された際のペンキの違いなのかはっきりせず、たとえば壁の端からずーっともう一方の端まで目で追っていくと、一応連続はしているものの、あらためて全体を見るとそのはじまりと終わりは似ても似つかぬ色になっている。一階と二階、それぞれの部屋の側面にあたるであろう、磨りガラスの窓は今どちらも閉まっていて、窓辺に置かれている瓶だか缶だか、それとも人形とかの置物か、ぼやけたシルエットが暗い室内の手前に浮かんでいた。築五十年と聞くその年数が概数なのかちょうど五十年なのかまではちゃんと調べていない。長年万田夫妻が不動産屋を介していないせいもあって、案外とこのアパートについての情報を調べるのは手間がかかった。ともかく古い。そのうえ、ろくな手入れをされていない。然るべき方法で調査をしたりすれば、安全性とか衛生面とかいろんな部分で引っかかるのではないか。しかしいずれにしろ来年早々にはとうとう取り壊されるという。

このアパートに私が住んでいたかもしれないのは、一九七四年頃、私が生まれて間もない一時期のことだ。もちろんまったく記憶はない。

さてどうしたものか、とここまで来て思うのも馬鹿馬鹿しいけれど、実際のところあまり深くは考えずにこの街までやってきた。万田夫妻の家を訪ねてはみたものの、もし在宅だったら何を訊き、何を言おうとしていたのか、私はなんにも考えていなかった。考えはじめたら来られないから、考えずに来たのかもしれない。

アパートの前から、ぶらぶらとまた来た道を戻り、途中で出鱈目《でたらめ》に住宅街の角を曲がってみた。少しお腹が減った。人の家の庭のような砂利敷きの路地を進むと、花壇の間を抜けて広い公園に出た。端の方に遊具もあるが、真ん中は草の生えた広場で、親子連れがサッカーボールや三輪車で遊んでいたり、犬を連れた人同士が立ち話をして、その周りを大きい犬、小さい犬がじゃれて走りまわっていたりした。広場をぐりとまわるように歩くと、植え込みから白い毛の猫が出てきて、止まってこちらをじっと見ていた。全身白いが、真っ白というより薄汚れている。野良猫だろうか。でも結構太っている。私はしゃがんで、舌を鳴らしながら手をのばして呼んでみたが、猫は動かず、子どもが横から走ってきたのに反応してまた植え込みのなかに隠れてしまった。公園を横断した形で、反対側に出ると大きな通りで、これは目白通りとあった。土曜日だからか、交通量はそんなに多くはなかった。

このまま少し歩いて今日はもう帰ろうか、と思った。電車に乗って、最寄りの駅で降りてスーパーで何か買って、ご飯を食べながらお酒を飲んで、テレビを観るか、ラジオを聴いて、それか何か本を読むか。明日は皆実《みなみ》さんと会うことになっていた。皆実さんは私より七つ年下で、去年仕事の関係で知り合った。皆実さんはラジオ局で働いている。先月私のプロポーズを受けてくれて、年が明けた二月に籍を入れる予定になっている。私が四十二歳、皆実さんが三十五歳。私は初婚だが、皆実さんは再婚だ。式は挙げないことにした。明日は皆実さんの希望でプロレスを観に行く。皆実さんはふだんはもの静かだが、実はワイルドな面もある人だ。

通りは広いが、その両側にはあまり大きなビルなどはなくて、住宅が並んでいるばかりだった。また細い道を曲がって住宅街に入り、建物や塀を眺めながら歩いていると、何を探しているわけでもないのだが、何にもねえところだな、などと思ってしまう。私が生まれて間もない頃、ということは今から四十年以上前は、今このあたりに建ち並んでいる住宅はまだほとんどなかっただろう。けれどもところどころに、古い造りの商店や、以前何か商売をしていたような構えの建物も見受けられた。たとえばそういう店の店主に昔話を聞いたりしてもいいのだが、どうにも気後れをするたちなのと、そもそもそこまでの覚悟とか意欲のようなものがないものだから、どちらかと言うと、目下楽しみでありながらも少々頭を悩ませている、皆実さんとの新居探しのことなど考えはじめてしまう。

私の勤め先は新宿にあって、今は京王線の代田橋《だいたばし》に住んでいる。皆実さんの勤め先は飯田橋にあって、今は小岩に住んでいる。職場は近いのだが、家が遠い。結婚を機に一緒に住む場所を探しているけれども、どうにも話が進まずにいて、要するに皆実さんは住み慣れた小岩近辺を動きたくない。馴染みの飲み屋もいっぱいあるし、仲のいい友達もいる。以前の結婚生活が世田谷の経堂《きょうどう》だったことも多分大いに関係しているのだが、世田谷とか杉並、目黒といった西側に対する皆実さんの心の距離はとてもとても遠いのだった。

一方で私は物心ついてから大学を出るまで三鷹で育ったので、どちらかというと西側の多摩地区と、二十三区内だったら世田谷杉並あたりに親しみがあって、小岩となるともう東京の真反対、別にいやなわけではないのだが、もう少しこっち寄りが落ち着くなあ、というのが本音で、そんなことを言っていると住む場所が全然決まらず、場所が決まらないと部屋も探しようがない。

それで実はその落としどころとしての北部、つまり練馬区あるいは豊島区というのは結構有力なのではないか、と私は思っていて、そんな観点で街を見はじめてもいるのだった。

何もないけど、住むには悪くなさそう、静かだし。通勤は、西武線だと池袋から山手線で新宿、皆実さんは飯田橋だから池袋から有楽町線ということになるか、うん、悪くない。いや待てよ、と路線図を思い浮かべて、たしか大江戸線がこのあたりまで延びているのではなかったか、と思ってスマートフォンで調べてみると、さっき歩いていた目白通り沿いに落合南長崎という駅がある。あるいはその隣の新江古田《しんえごた》。池袋を経由するのとどちらが早いか微妙なところだが、選択肢が多いのはいいことだ。

ちょっと不動産屋に寄っていってみようかしらん、などと思うと、この街に対して削がれていた気力も戻ってきた。東長崎駅のそばまで戻ってきて、不動産屋に本当に行こうか迷ったが、少し休むことにして、古そうな喫茶店に入った。店内は空いていて、テーブル席もあいていたが、五席ほど並んだカウンターに座った。端の席に若い男が座って、カウンターのなかのおかっぱ頭の女性店員と何か話をしていた。

椅子に座ると、腰や足がじんわりしびれるような感じがあって、思いのほか疲れていたのだなと思った。コーヒーを頼んだ。

＊

日暮純一です。私が入った喫茶店に偶然かたばみ荘の住人がいた。

私は、小説家です、と嘘をついた。取材でこの街や古い建物を見て歩いているのだと言った。私は小説家ではないが、私の死んだ父は昔何冊か本を出したことがあった。ただ小説家と呼べるのかどうかは怪しい。若い頃、広告会社に勤める傍ら、懸賞小説に応募したものが掲載に至って、どこかから本を出したらしい。その話はどこかで聞いて知らないわけではなかったが、私が長じてからは父は自分からはその話は一度もしなかった。定年までまじめに会社勤めをして、十年ほど前、八十に届かずなくなった。母親も二年前にこちらは八十四でなくなった。父の死後、実家を片付けていたらそれらしき本が出てきて、ぱらぱら読んでみた。母親は、止めもしなかったし、何も言わなかった。いちばん古い一冊は私が生まれる前、一九六〇年代のもので、会社員の男がある日記憶喪失になって、街を徘徊しているうちに思わぬことからある見知らぬ家の父親の座におさまる。実はその家族は酒癖の悪さと暴力に耐えかねて父親を殺し、それを隠蔽するために記憶喪失の男を家族に迎え入れた、とかそういうような話だった。ハードボイルド風の文体で気取っているのだがそれが過度で鼻につき、書きぶりの稚拙なところも多く、どうひいき目に見ても駄作、見るところがなかった。で、あとの二冊は筆名が違うが官能小説だった。捨てはしなかったが、この先見ることもなかろうし、父も自ら話さなかったということは掘り返してほしくない歴史であろうと思って、実家の物置の奥にしまった。

父母とも、実の両親ではなかった。私は養子だ。

私の実の母親はかたばみ荘の大家である万田レイ子で、私の養父母は、私が二歳の時にレイ子から私を引き取った。私は自分が両親の養子であることは若いうちに知らされていたが、実の両親が誰かとか、細かい事情については聞かされておらず、私も訊かなかった。

戸籍というのは便利なもので、遡ると大抵のことがこと細かにわかるのだが、私の場合はかえって戸籍からでは見えぬ事情が多く、父も母もなくなってからいろいろ調べて、全貌が明らかになったのはつい最近のことだった。

先に話した通り、レイ子は高校を出たあと大泉の撮影所で働きはじめ、二十四歳で結婚をした。相手は撮影所で知り合った人間だったらしい。役者なのかもしれないし、撮影所にはスタッフから出入りの業者から大勢がいるのでわからないが、仕事で撮影所に出入りしていた人間のようだ。結婚した二年後、レイ子は子どもをひとり産んでいる。そしてこれは戸籍を見たってわからないわけだが、その後レイ子と夫は別居生活に入る。この間レイ子がどこで何をしていたのかはわからない。ずっと撮影所で仕事をしていたのか、それとも別の仕事をしていたのか。また、なぜ離婚せずに籍をそのまま残したのかもわからない。別居中も関係が続いていたのか、あるいは子どもやその他の事情でそうせざるをえなかったのか。レイ子は一九七四年に私を産んだ。その頃かたばみ荘に住んでいたことが私の出生届で確認できる。私はレイ子と前夫の子として二年間その籍に入っていたが、二年後の一九七六年に養子縁組をされ、養父母の戸籍に入った。

レイ子の最初の夫でも、養父でもない私の父は、俳優だった。私はその人に会ったことはないが、その人の出ている映画は観たことがあった。誰もが知っているというような人ではないが、病気をして引退するまで、映画やテレビドラマの脇役などで活躍した人だった。

その人のことを知ったのは偶然だった。皆実さんが仕事でとある老優のインタビュー取材に立ち会った時、昔の映画や撮影秘話、撮影所の思い出話をするうちに歯止めがきかなくなり、俳優仲間が撮影所の女性に手を出して子を産ませた話をはじめてしまい、関係者が慌てる一幕があった、と笑いながら聞かせてくれたのだった。その俳優には家族があって、表沙汰にはできない。女に金を渡して手打ちにしたが、結局その女も子どもを育てきれず、人の手に渡したという。

皆実さんは、自分も離婚経験者だし、私が養父母に育てられたことも知っていたから、ひどい話だし、他人事じゃないけどさ、と言いながらも、なんだか昔の撮影所とか活動屋って、そういうはちゃめちゃな感じの世界だったんだろうなと思いながら聞いちゃった、絶対記事には使えない話だけど、と笑うのだったが、私は、あ、と不思議とぴんと来るものがあって、その時に自分がその子どもだとほとんど確信した。もちろん何の根拠もなかったが、皆実さんにその話をして、取材の補足などと称してその老優からあれこれ聞き出してもらうと、やはりその相手の女は私の産みの母レイ子のことに間違いなさそうだった。

そういうような話を私はまったくしなかったのだが、喫茶店にいたかたばみ荘の住人、峠茶太郎は、アパートの話を聞かせてくれと頼んだにもかかわらず自分の半生を語り出し、それがいつからか映画「蒲田行進曲」の話になって、話が終わらないので喫茶店のおかっぱ頭の店員目見さんと三人で焼き鳥屋に来た。

そういうわけで私の半生も峠茶太郎に負けず劣らずドラマティックな枠組みを持っているのだが、私は彼のように劇的な事件を呼び寄せたり、激しい恋に落ちたりはせず、実直でそこそこ優しい養父母のもと、ごくごく平凡に生きてきた。養子であることが自分の人格形成やこれまでの人生にとって、まったく無関係だったとはもちろん思わないが、思いのほか人生にも生活にも影響しないものだ、というのが実感だ。四十二になるまで結婚相手が見つからなかったのは、やや遅いのかもしれなかったが、まわりには独身の同世代も多いし、結婚願望が強いわけでもなかった。おかっぱの目見さんが本人のいない時にこっそり言っていた、茶太郎のようないい顔でなかったことも、私の人生を平凡に、いや穏やかなものにした一因なのかもしれない。画面のなかでしか見たことのない俳優の父の顔も、主役を張るような二枚目ではなかった。

峠茶太郎が延々語る「蒲田行進曲」を、私は観たことがなかった。もちろん題名や、撮影所を舞台にした作品であること、そして例の階段落ちのシーンのことは、なんとなく知っていたけれど、峠茶太郎の熱く、細かすぎるほど丁寧な解説のおかげで、へえそんな話だったのか、とはじめて知った。と同時に、私は自分が語らずに隠していた自分の素性や出生にまつわる話を、峠茶太郎に語られているような気もしていた。私は、ひじょうに中途半端な、知れるものなら知りたいし、知れないならばそれでよい、ぐらいの気持ちで産みの母を訪ねてみようと今日この街にやって来た。家まで行って、不在をたしかめて、やや安心したような気持ちで退散してきたのだったが、峠茶太郎が語るヤスの葛藤は、私が聞けばそれは当時の養父の悩み苦しみだったように聞けた。母である万田レイ子には、産み捨てられたような意識がやはり拭いきれないから、いい印象を持ってはいないが、それも当時の事情を聞いてみないことにはわからない。養父母とレイ子が互いによく知る間柄だったのかどうかもわからない。少なくとも父も母も、彼女については何も言わなかった。どう思っているのかもわからないし、私から訊くこともしなかった。その万田レイ子のことを、小夏に重ねて聞いていれば、どうであれ十月十日彼女はその腹の中で私を育ててくれたのであり、その間にいくらかの慈しみを彼女から受けなかったわけはないとも思えてきて、少なくともこの世に産み落とし、養父母の手に渡すまでのあいだ、私を抱いたり私に乳をくれたりしたのだろうと思えば、拭えぬ不信はそのまま措くとして、ありがたい気持ちも多少はわいてくる。私の存在など忘れているかもしれない俳優の父にしても、銀ちゃんに重ねれば、まあ役者も大変だよね、いろいろあるよね、程度のことは思ってもいい。彼は銀ちゃんみたいなスターではなかったけれど、ヤスみたいなその他大勢がいなければ主役も輝かないというわけなのだから、長きにわたって演技の世界で仕事をしたというのは私みたいな凡人には想像もつかない偉業だ。

もうひとつ、峠茶太郎の話を聞きながら、私は、自分の父親にぴんときた時みたいな閃きがまた訪れて、訪れたと思ったらすぐ確信に変わった。いや、この場合は閃きというより、思いもよらぬ名前が飛び込んできてびっくりしたというのが正しいか。峠茶太郎の熱い語りは、元を辿れば彼の隣人松林千波なる男が、彼に語って聞かせたこの映画の解説ということらしいが、この松林千波は私の兄だ。

つまり、万田レイ子が前夫との間に生んだ第一子で、松林というのは私が生まれてから二年間入っていた戸籍の筆頭者、つまり戸籍上の父だった男の姓であり、そこには、おそらくこちらは実の嫡子としての千波の名があったのを私は見ていた。そうやって名前だけは知っていて一度も会ったことのない異父兄弟が、思いもよらぬところで話に現れた。それも、人助けをしようと思って階段を転がり落ちるような、気のいい、というか間抜けなヤクザだという。

千波は一九六七年に生まれていて、私の七歳上だった。両親が別居したあとは父親に引き取られたのか、あるいは誰か別の人のところや別の場所で育った可能性もあるが、少なくとも私が生まれる頃には母親であるレイ子とは一緒にいなかった。峠茶太郎の話では、松林千波はかたばみ荘の取り壊しが決まってしばらくしてから引っ越していったという。今二階奥の部屋には住人はいない。空部屋だ。

松林千波が映画好きだったのは、撮影所で働いていた両親の影響かもしれない。六七年なら、東映のヤクザ映画全盛期だ。千波なんて名前も、その影響があるのかもしれない。そして本人もヤクザになった。あるいはヤクザの出で立ちになった。茶太郎が漏らした、もしかしたらヤクザ映画専門の俳優かも、という予想はそんな出自を踏まえるとちょっとできすぎた話だが、今は昔と違ってそういう俳優はあまりいないのではないか。しかしそんなことよりも、撮影所で働く父と母のもとに生まれ、おそらくは幼少の頃から苦労も少なくなかったはずの彼が、いったいどんな思いで「蒲田行進曲」を観ていたのかと思うと、なかなか感じ入るものがある。そして彼はどういうわけで母が営むアパートに住み着くことになったのか。

かたばみ荘は、元々万田レイ子の現在の夫である万田敏郎の親戚が建てたものだった。レイ子は私を養子に出した一九七六年にようやく前夫と離婚して、同時に敏郎と再婚している。かたばみ荘に住んでいた縁で敏郎と一緒になり、跡取りのいない親戚がなくなったあと、夫婦でかたばみ荘を引き継ぐことになったのだろうか。万田夫妻はアパートの取り壊しが済んで、落ち着いたらふたりで施設に入るつもりだそうだ。万田レイ子は七十五歳、夫の万田敏郎は八十歳になる。峠茶太郎の話では、特に敏郎の方は足が不自由になったらしく、いつ頃からかほとんど表には出てこなくなったという。

松林千波はどこに行ったのか。峠茶太郎は知らないと言う。自分がかたばみ荘に住みはじめた頃には、もう隣の部屋には松林さんがいたし、いつからかは知らないけれど結構長く住んでいたと思う。

その人なら、時々店に来たことあると思う、と目見さんが言った。たぶんですけど、アロハシャツに、スラックスの人でしょ。こてこてのチンピラルックの。いっつもツタヤのバッグ持って何か借りてる人。そんなしょっちゅうじゃないけど、私がアルバイトはじめた頃から来てた気がするから、十年くらいになりますよ。

大家のおばさんがね、言ったんですよ僕に。隣の人ヤクザだけど、いい人だから、って。

＊

日暮純一です。私たちの新居探しはやや進展した。皆実さんの小岩への愛着と未練は依然として強いものの、私の説得に応じる姿勢を見せて、今は練馬近辺で部屋を探している。

年が明けて一月の中頃、かたばみ荘の取り壊しがはじまると峠茶太郎から連絡をもらい、ちょうど土曜日だったので私はまた東長崎に出かけていった。

峠茶太郎と会ったあと、私は兄松林千波の足跡を追おうとしたが、うまくつかめず、峠茶太郎から住人をたどるように前住人の七見歩、その前の前の住人新井田千一らに会って、いろいろ話を聞いたのだったが、松林千波の話はあまり出てこないのだった。そればかりか、私が身許を隠して小説家を名乗るせいなのか、みなかたばみ荘の話と言いつつ、話しているうちに話が大きく逸れていき、何やら不思議なロマンスや、失踪事件やその捜索ツアーみたいな話を聞かされるのだった。このままたどっていけばいつかは私がこのアパートに住んでいた頃の様子を知る人や、松林千波にも会えるかもしれない。とは言うものの、やっぱりそんなに知りたいわけでも会いたいわけでもなく、そういう私の意欲のなさが、彼らの話を本筋からずらしていくのかもしれない。だったら私が悪い。肝心の万田レイ子にはまだ会えていなかった。彼女に会えば、私の生まれた頃のことも、松林千波のこと、彼の居場所やここでの暮らしぶりも、訊き出せるかもしれないのだが、これもまたぜひとも訊き出したいというわけではなく、じゃあ何なのかと言えば、母に結婚の報告をしようというだけなのだが、今さら私が顔を出していやがられないか、あるいは何かひどいことを言われて傷ついたりしたらいやだ、と気後れしているだけなのかもしれない。

はたして、皆実さんと一緒に土曜日の朝、東長崎の駅に降り立って、なかなか暮らしやすそうな街でしょう、と小岩への執着を絶たせるべくそれとなく街の利点を紹介しながら住宅街を歩いた。五、六分ほどでかたばみ荘に着くと、工事の準備はもう整って、周囲が金網とシートで覆われ、通行止めにした前の道に停められたトラックの荷台に、小型のショベルカーが一機載っていた。作業服の男たちが数人、よく見るとそのうちのひとりは峠茶太郎で、やあ、と声をかけると、ああどうも、とこちらに寄ってきた。

君が解体するの？

そうなんですよ。いや、僕は手伝いみたいなもんだけど。大家さん、不動産屋のつながりがないから、こういう業者も全然探せなくて。お願いしますよ、なんて言われちゃって。それで僕が時々仕事してるところに頼んで、来てもらったんです。でも、長いこと住んだ建物だから、最後の住人として、自分でぶっ壊すってのもなかなかいいですね。

なるほどね。

あ、そちら奥さんですか、どうも、と茶太郎は頭に巻いていたタオルを取って、頭を下げた。皆実さんも、こんにちは、と頭を下げた。

そのうちにまたぞろぞろと人が集まってきた。先月会って話を聞いた七見夫妻もやって来た。私を見て、奈緒子さんが、三郎も来たがってたけど、今またインドにいるから、と言った。

新井田千一と一緒に歩いて来て、七見夫妻とも楽しそうにしゃべっている革ジャンの男は、話に聞いていたタムラックスだろう。喫茶店の目見さんも店を抜けて見物に来た。

万田夫妻の姿は見えなかった。

九時を少しまわって、茶太郎たち作業員がてきぱきと仕事にかかった。前日のうちに家屋の窓は取り外されて、アパートの中は空っぽになっているようだった。

トラックの荷台からアパートの前に移動してきたショベルカーが、大きな音を立てながら鎌首を持ち上げた。小さな車体なのに、ショベルのアームはずいぶん高くまで伸びた。ヘルメットを被った茶太郎が、ショベルカーの横に立って、その先端をじっと見ていた。私たちは、道を挟んだ向かいから、距離を置いてやはりその先端を見ていた。

ショベルの先が二階の壁と屋根の間にゆっくりと刺さった。押しつぶされた壁が奥へと凹み、弱々しい音をたてた。

日暮皆実です。私のお腹には赤ちゃんがいる。

＊

今日は純一さんが子どもの頃に住んでいたアパートが取り壊されるのを見に来た。私には何の縁もなかった建物だけれど、自分の結婚する相手が生まれて間もない頃にそこで育ったと思うと、その建物や、その時間がなければ今の自分も、お腹の子どももいなかったのだと思うと、今自分が見たり、考えていることのずっと遠くにあって思い及ばないものが、いつかこの先自分とつながることもあるのだと思えて、不思議だ。

純一さんを産んだというそのかたばみ荘の大家のおばあさんは、私たちが取り壊しの作業を眺めているなかに杖をついて現れて、少し離れたところからショベルカーが少しずつ建物を壊していくのを見ていた。おじいさんは来なかった。前面にあった鉄の階段は、ショベルの先で押すと、まるでベニヤか何かのように簡単に壁から剥がれて折れながら崩れた。それからショベルは表側の壁を上から突き崩していき、二階の手前側の部屋のなかが露わになった。その二階の手前側の部屋が、茶太郎くんや、その日集まっていた人たちが住んでいた部屋だったらしくて、みんなで少し、何かしゃべっていた。

それから屋根と柱を残すみたいに、外の壁やなかの壁や仕切りが少しずつ崩されていった。私たちの方に混ざっていた茶太郎くんが、新井田さんに、あの部屋の風呂、おかしかったじゃないすか、と言った。

ああ、あの和式のユニットバス。

そうです。あれって、うちらの部屋だけだって知ってました？

え、そうだったの？

そうなんですよ。

僕、五年くらい住んでたのに。全部の部屋があれなんだと思ってた。

違うんですよ。他の部屋はね、浴槽があるんです。

えー、と新井田さんも、それを聞いていた歩さんも驚いて、声を上げた。

俺見たんですよ、隣の部屋で。でもね、おかしいじゃないですか。一部屋だけ、あとから浴槽埋めて便所にするなんて。そしたらね……。

純一さんは茶太郎さんの話は聞かないで、大家のおばあさんの方へ歩いていって、何か話しかけていた。私はついて行こうかと思ったけどやめて、茶太郎くんの話の続きを聞いていた。

これ見てください、と茶太郎くんがポケットからちらりと出して見せたのは、拳銃だ。

えっ、なにそれ。

これがね、埋めてあったんです、元々浴槽だったところに。大家が頑なに不動産屋に管理させないのも、これを見つけられたら困るからだったんですよ。

新井田さんもタムラックスも、興味を持ちつつ、半信半疑で見ている。どうせおもちゃじゃないの？

おもちゃをわざわざ、埋めます？　風呂場改造してまで。

ちょっと見せてよ。

だめですよ。大家のおばちゃんがね、この間俺んとこに来たんですよ、と茶太郎くんが話しはじめたのは、こんな話だった。

二十年くらい前、大家のおばあさんが昔産んで幼い頃に別れた息子が突然かたばみ荘に現れた。どこかでヤクザをやっていた息子は、敵対するヤクザに追われて逃げてきたのだという。おばあさんは驚きつつも、ちょうど空いていたアパートの部屋に息子をかくまう。しかし数日後、息子は突然また姿を消してしまい、その時部屋にその拳銃が残されていた。

大家夫婦はその処分に困り、水道工だった旦那が、息子をかくまっていたその部屋、そう、二階の手前の部屋の風呂を改造して、その銃を便所の下に塗り籠めてしまった。

おばちゃん、後生だからそれを誰にも見つからずに、あのアパートと一緒に処分してくれって言うんですよ。

本当かなあ。

本当ですって。

そんなこと、秘密にしておかないとだめじゃない。

だって俺たちの部屋じゃないですか、あの部屋は。昨日、建物のなか全部片付けて取っ払ったんですけどね、俺、他の人にばれないように、これ、持ってきたんです。

純一さんが私を手招きするので、私はおばあさんの方に歩いていった。純一さんが何を話していたのかはわからなかったが、おばあさんは穏やかな表情で私に頭を下げた。皆実さんです、とだけ純一さんは言った。そして、レイ子さんです、と今度はおばあさんを私に紹介した。私は、こんにちは、と頭を下げた。レイ子さんの表情は穏やかだったけれど、目や口元は強さを感じさせた。怒ったら怖い人だろうと私は思った。じゃあ、と純一さんはそれで切り上げて私を連れてみんなの輪の中に戻った。レイ子さんと何を話していたのか、結局言わなかった。

骨組を残して二階と一階の手前の部屋がすべて露わになったぐらいで、私たちは引き上げることにした。レイ子さんはもう帰っていた。晴れていい天気だったけれど、外でじっと立っていると寒かった。取り壊されつつある建物の脇の、隣の家との境に、かたばみの葉っぱがたくさん生えていた。

新井田さんとタムラックスは、大江戸線で帰るそうで、アパートの前で別れた。茶太郎くんは作業があるからその場に残る。おかっぱ頭の喫茶店の店長さんと、七見さん夫婦と一緒に私たちは駅まで歩いた。

このあたりに引っ越して来るかもしれないんです、と純一さんは言った。純一さんはこのへんを気に入ったらしく、私はまだ納得はしていないのだけれど、じりじりとこのあたりで部屋探しをはじめようとしている。

喫茶店の目見さんは、いいところですよこのへん、と言った。でも私、福岡から出てきてここしか住んでないから、全然他を知らないですけど。

ずっとここなんですか。

そうなんですよ、もう十年。仕事も、十年。

すごい。偉いね。

いやいや、どうかと思います、自分でも。なんかきっかけがあれば、仕事も、住む場所も、そろそろ変えたりした方がいいのかなって。

目見さんの店は駅までの通り道にあって、私たちはそこで少し休んでから帰ることにした。目見さんは、店に入ると着ていた上着を脱いで、その下につけたままだったエプロン姿になった。店番をしていた学生らしいアルバイトの男の子に、ごめんね、ありがとう、と声をかけて、カウンターに入ると、てきぱきとした動作で働きはじめた。

アルバイトの男の子がふたり掛けのテーブル席をふたつくっつけてくれて、私と純一さん、七見さん夫婦がそれぞれ横並びに座った。

その後、どうですか小説は。取材の成果はありましたか、と奈緒子さんが純一さんに訊いた。

いやあ、なかなか。仕事もあって忙しいし。まあそんなにね、書いても読みたがる人がいるわけじゃないから、まあのんびりやります、とかなんとか純一さんは応えた。

読んでみたいけど、筆名は内緒なんですね。

そうなんです。ごめんなさい。いや、そんなにおもしろくないですから、僕の書くものなんか。

男の子がメニューを持ってきてくれて、四人で広げて、眺める。カウンターから目見さんが、うちこんな古いお店なので、コーヒーは全部普通のしかないんです、と言った。カフェイン避けるんだったら、ローズヒップのお茶があるのでそれか、ホットミルクかな。あとは冷たいのでよければジュースもありますけど。

そう言われて、私と奈緒子さんはお互いに顔を見合わせた。あ、あーあー、と言いながら笑って、お互いに妊娠中であることを知った。まだお腹も膨れていないのにどうしてわかったのか。

毎日いろんな人見てるから、なんとなくわかるんですよ。

へえ。

じゃあ嘘ついてる人もわかるでしょう。

わかりますねえ、へへへ。

じゃあ、私も奈緒子さんも離婚経験があることまで目見さんはわかっているだろうか。それは目見さんには、わからないかもしれない。わかっているかもしれない。私たちは、さっきアパートの前でその話をした。なにかぴんとくるものがあって、やっぱり、と言い合ったのだけれど、お互い妊娠していたことには気づかなかった。

それで私たちはコーヒーとお茶を四人で飲んで、東長崎から何駅か離れた中村橋に住んでいるという七見さん夫婦に、引っ越しをした時や、街の様子などを聞いて、目見さんと別れてお店を出て、駅に行き、みんなで電車に乗った。

純一さんは、取材、でここのところ何度かこのあたりに来ていたようだけれど、私はこのあたりを電車で走ることはめったになくて、新鮮だった。東長崎駅を出て、いくつか駅に停まると、やがて電車は高架になって、敷き詰めたみたいに戸建ての屋根が奥まで続いていた。あの全部の屋根の下に人が住んでいると思うと、気が遠くなるほどたくさんの生活だ。遠くに、遊園地が見えた。あれはとしまえんです、と歩さんが教えてくれた。中村橋の駅に着いて、七見さん夫婦が電車を降りた。締まるドア越しに四人、手を振って別れた。また電車が駅を出て、高い眺めが窓の外に見えた。私はドアの横に立ち、隣には純一さんが立っていて、一緒に外を見ている。たくさん並ぶ屋根や、マンションのベランダ、あのなかのどこかに歩さんと奈緒子さんたちの家もある。

七見さんち、どれだろうね、と私は言った。

うん。

今気づいたけど、これ反対行きの電車だね。池袋行かないね。

えっ、と純一さんは慌てて車内の路線図を見上げた。あー、ほんとだ。ぼんやりしてたなあ。

でもこの高い眺めはいいね。見られてよかった。もしこのへんに住むなら、地下鉄じゃなくて、この電車に乗れたらいいな。

あ、このへんもいいなって思ってきた？

高架が好きなんだよね、私。小岩も高架だし。

# 解説

鴻巣友季子（翻訳家）

わたしは滝口悠生の「語り」が大好きなのだけれど、『高架線』はいろいろな意味でその語りの技をきわめた傑作だと思う。

今世紀の初め、二〇〇一年から二十年弱、集合住宅「かたばみ荘」の二号室を借りてきた歴代の住人と、その人たちの友人、知人の物語がリレー形式で語られていく。

ちなみに、わたしは集合住宅小説が好きだ。

「かたばみ荘」の名を聞いてタワーマンションを思い浮かべる人はあまりいないと思うが、築年数の古い木造二階建て、四室だけのアパートである。最寄りは西武池袋線の各駅停車駅。とはいえ、その東長崎駅から徒歩五分、各室に風呂・トイレ付きという好条件で、家賃はたったの三万円だ。値上げもない。なぜこんなに安いかといえば、大家が不動産業者を入れず、ある店子が引っ越すことになったら、その人に次の住人を連れてきてもらうという「友だちの輪」形式を採用しているからだ。仲介手数料、敷金、礼金要らず、である。

最初に出てくる語り手は、大学の写真サークルの先輩から紹介されたという「新井田千一」。彼の話はこんなふうに始まる。

新井田千一です。私の実家は池袋駅から西武池袋線で下って行って埼玉に入ったあたりで、幼少期から二十歳までそこで過ごした。

各人はこのように名乗ってから語りだす。最初は必ずです・ます調。これが各モノローグの特徴だ。どの登場人物もかたばみ荘のことを話そうとしているようだが、いつの間にかトピックから遠いことを延々語っているのがおもしろい。

新井田の場合だと、かたばみ荘での次の住人でありバンドマンだった「片川三郎」について話しだす前に、どういうわけか新井田本人の奇妙なロマンス（なのか？）の経緯を読者は聞くことになる。最後にその相手の意外な素性が明らかになり、この素性は新井田のなかでさらにひねりまわされて、相手が一体どんな人なのか謎は深まるばかりだが、こうした一見無関係なエピソードもちゃんとどこかでなにかに接続するのだ。だから、滝口さんの小説は一語一句読み飛ばせない。

語り手となるのは、新井田千一のほか、片川三郎の幼なじみの「七見歩」と、彼のパートナー「奈緒子」、秋田出身でいわく付きの「峠茶太郎」、喫茶店で働く「木下目見」、その喫茶店にやってくる「日暮純一」と、彼のパートナー「皆実」の合計七人だ。そして、この七人をつなぐのが、一つに片川三郎と彼の失踪事件である。三郎失踪にまつわる挿話と捜索ツアーみたいなものがまた、読みどころのてんこ盛りなのだが、翻訳者から見て技法的にも非常に興味深い点がたくさんあるので、書いておきたい（ここから先、ネタばらし的な部分があるので注意してください）。

一つは、失踪した本人片川三郎の身の上話を、彼自身の語りで展開していない点だ。それまでも彼の話は主に七見歩を通して語られているが、これは三郎が失踪してその場にいなかったからだ。でも、七見たちと三郎がとうとう出会って、奈緒子が熱いカレーうどんをすする傍《かたわ》ら、三郎から失踪の経緯が語られたようなのに、これをあえて奈緒子の口から伝聞の形で書いている。「三郎は……」という三人称語りだ。しかしながら三郎の内面に視点が深く入りこんでいくと、三人称主語が消失し、かぎりなく一人称語りに近づく。

そこから三郎が乗るはずのない電車に乗った経緯が語られるが、このあたりは滝口ナラティブの真骨頂で鳥肌がたった。「三郎はなぜか下りの電車に乗ってしまった」

という書き方は当然ながらしない。三郎の視点を保ったまま向かいのホームに目を向けると、見たことのある人物が立っている。少し引用しよう。

　と、ホームに見たことのある人がいて、あれ、誰だっけ、と思ったのはほんの一瞬だけで、やせて不健康そうな佇まい、長い髪の毛が腰まで垂れて、てろてろになったAC／DCのTシャツを着て、手ぶらで幽霊みたいに立っている。俺だ、と三郎が思ったところに、黄色い車体の列車がホームに入ってきた。俺はその下り電車に乗って、電車はホームを出ていった。

いつの間にか主語も「俺」になってしまう。しかしその「俺」を三郎が対岸から見ているようでもあるのがみそである。つづく段落はまだ上りホームにいる三郎の視点に戻って書かれる。

　上り線のホームに残された三郎は、えーおかしいなあ、なんで俺があっちのホームにいるんだ、と思いながらも、あのまま下り線に乗った自分が今仕事場とは反対の方向に向かって、晴れた夏の昼間の空いた列車の車内で窓の外を眺めていると思うと、それは心が安らいで、さっき出てきたかたばみ荘のそばの踏切を通り過ぎて、ずっと工事していたのが最近やっと出来上がったらしい日芸の校舎の横を通って、江古田駅に停まる。

と、またまたこっちの三郎目線からあっちの「俺」目線にいつのまにか乗り入れているのである。でも、思いだしてください。そもそもこれ、ぜんぶ奈緒子が三人称で語っているんですからね。なんとも離れ業であります。

さて、こうして「俺」こと三郎は列車に乗って秩父のほうまで行ってしまう。そうしてそこである仕事をしていたわけだ。この部分の奈緒子モノローグで、もう一つわたしが大好きな技は「あり得ないボリューム」の導入である。「あり得ないボリューム」というのは、たとえば、夏目漱石の『こころ』という小説には、語り手のもとに先生から届いた手紙を、列車の中でとりだして読むという設定がある。書籍のページの上では、その手紙の文面が長々とつづくことになる。手紙の内容に入りこんだ読者は疑問にも思わなくなるが、実際、あれだけの分量の手紙となるとあり得ないぐらいの厚さになり、着物の袂《たもと》なんかに入らないというリアリズム的観点からの異論も存在する。

『高架線』でそれが起きるのは、奈緒子の食べるカレーうどんにおいてである。とても熱くて、奈緒子は猫舌だから、少しずつしか食べられないのだけれど、彼女はこの丼一杯のうどんを、三郎の打ち明け話がつづく間ずっと食べているのだ。いくら熱いのと猫舌の取り合わせでも、どこから湧いてくるんだというぐらい、うどんはなくならない。

しかもこんなに詳細で生き生きした話を読者が聞けたのは、口下手っぽい三郎ではなく、奈緒子が語り手になったからだろう。

じつに楽しい滝口マジックだ。

昭和シネマを地で行くような峠茶太郎や、出番はわりと少ないものの強い印象を残す「田村光雄（タムラックス）」や、サングラスに雪駄という強烈な出《い》で立《た》ちの「松林千波」も、インパクトのあるキャラクターだが、やはりわたしは片川三郎が気になる。

前記の電車のシーンで「幽霊みたいに」という喩《たと》えがあるが、三郎にはつねに此処《ここ》ではないどこか「彼岸」の気配がまとわりついている。怒りを充満させたときの描写からしてそうだ。内心静かにキレると、「三郎の背中から影のようなものが立ち上がって、三郎の背後をうろうろしたあと、また背中に抱きつくように消える。そうすると三郎も元に戻って、また何もなかったように人の話を聞いたり、自分でしゃべったりした」とある。これは幼馴染みの七見だけにわかるらしいが、幽体離脱みたいだ。また、失踪中に一日だけかたばみ荘に戻ってきた三郎と七見は会うのだけれど、なんだかおかしい。あとから思いだすと、切ったはずの髪の毛が長くなっていた気がする。じつは髪を切って料理人を目指したことなどなく、三郎はずっとこの部屋にいたんじゃないか？　というか、あの男は本当に三郎だったのか？　七見はそんなふうに訝《いぶか》しむ。

三郎という人物が本作のコアを形成しているのだと思う。現実からの距離、存在根拠のあやふやさ、むこうの何かに引かれていく習性、消えゆくもの、しかしその消失の後に残るもの。

ここには、分身のモチーフもあるだろう。三郎は分裂してもいるが、なにか異なるもの同士が合体してもいるのだ。それは思い切って、生者と死者と言い換えてもいい。滝口の芥川賞受賞作『死んでいない者』では、生者と死者が全く同位相で書かれており、そこにあまり境がなかったことを思いだす。三郎が皆の前から姿を消し、カレーかなにかを究《きわ》めるためにインドを放浪しているのは、死を抱えて生きる、あるいは生きながら死んでいる存在としてふさわしいのではないか。

さて、どうしてこの不思議なモノローグ形式がとられているのだろう？　最初に

「○○○○です」と敬体で名乗って始まり、モノローグの最中にも、ときどき「さあ、ようやく片川三郎が失踪しますよ」とか、「でも付き合っているわけではないです。え、その相手？　女ですよ」とか、「と、お聞きになりたいのはそんなところでしょうかね」などと敬語が混じる。「それでそのままこのうどん屋で修業をすることになったとさ」という日本昔話みたいな締めもある。

終盤にかけてこの形式の謎が解けてくるのだけれど、それでもなお不可思議は残る。これについては、不粋な説明はよそう。わたしはこの小説に何度か出てくる寡黙な「通信」を愛《いとお》しく思っている。たとえば、捜索ツアーの帰り、車のサイドミラー越しに一瞬だけ、田村と奈緒子の目が合うところ。あるいは、かたばみ荘を取り壊す傍らで、日暮が老いた万田レイ子と婚約者の皆実を引き合わせるところ。「おばあさんは穏やかな表情で私に頭を下げた。皆実さんです、とだけ純一さんは言った。そして、レイ子さんです、と今度はおばあさんを私に紹介した。私は、こんにちは、と頭を下げた」

静かな間がある。そう、滝口悠生の小説がすばらしいのは、高度な技法やときに実験性を持ちあわせつつ、こうしたやさしい瞬間を決して失わないところなのだ。

ゆったりと滝口ナラティブに身をまかせてください。

本書は二〇一七年九月、小社より単行本として刊行されました。

|著者| 滝口悠生　1982年、東京都生まれ。2011年、「楽器」で新潮新人賞を受賞し、デビュー。2015年、『愛と人生』で野間文芸新人賞を受賞。2016年、「死んでいない者」で芥川賞を受賞。他の著書に『寝相』『ジミ・ヘンドリクス・エクスペリエンス』『茄子の輝き』『やがて忘れる過程の途中(アイオワ日記)』『長い一日』がある。

高架線《こうかせん》
滝口悠生《たきぐちゆうしょう》
© Yusho Takiguchi 2022

2022年5月13日第1刷発行

発行者――鈴木章一
発行所――株式会社　講談社
東京都文京区音羽2-12-21　〒112-8001
電話　出版 (03) 5395-3510
　　　販売 (03) 5395-5817
　　　業務 (03) 5395-3615

Printed in Japan

講談社文庫
定価はカバーに
表示してあります

KODANSHA

デザイン―菊地信義
本文データ制作―講談社デジタル製作
印刷―――株式会社KPSプロダクツ
製本―――株式会社国宝社

落丁本・乱丁本は購入書店名を明記のうえ、小社業務あてにお送りください。送料は小社負担にてお取替えします。なお、この本の内容についてのお問い合わせは講談社文庫あてにお願いいたします。
本書のコピー、スキャン、デジタル化等の無断複製は著作権法上での例外を除き禁じられています。本書を代行業者等の第三者に依頼してスキャンやデジタル化することはたとえ個人や家庭内の利用でも著作権法違反です。

ISBN978-4-06-528006-5

# 講談社文庫刊行の辞

二十一世紀の到来を目睫に望みながら、われわれはいま、人類史上かつて例を見ない巨大な転換期をむかえようとしている。

世界も、日本も、激動の予兆に対する期待とおののきを内に蔵して、未知の時代に歩み入ろうとしている。このときにあたり、創業の人野間清治の「ナショナル・エデュケイター」への志を現代に甦らせようと意図して、われわれはここに古今の文芸作品はいうまでもなく、ひろく人文・社会・自然の諸科学から東西の名著を網羅する、新しい綜合文庫の発刊を決意した。

激動の転換期はまた断絶の時代である。われわれは戦後二十五年間の出版文化のありかたへの深い反省をこめて、この断絶の時代にあえて人間的な持続を求めようとする。いたずらに浮薄な商業主義のあだ花を追い求めることなく、長期にわたって良書に生命をあたえようとつとめるところにしか、今後の出版文化の真の繁栄はあり得ないと信じるからである。

同時にわれわれはこの綜合文庫の刊行を通じて、人文・社会・自然の諸科学が、結局人間の学にほかならないことを立証しようと願っている。かつて知識とは、「汝自身を知る」ことにつきていた。現代社会の瑣末な情報の氾濫のなかから、力強い知識の源泉を掘り起し、技術文明のただなかに、生きた人間の姿を復活させること。それこそわれわれの切なる希求である。

われわれは権威に盲従せず、俗流に媚びることなく、渾然一体となって日本の「草の根」をかたちづくる若く新しい世代の人々に、心をこめてこの新しい綜合文庫をおくり届けたい。それは知識の泉であるとともに感受性のふるさとであり、もっとも有機的に組織され、社会に開かれた万人のための大学をめざしている。大方の支援と協力を衷心より切望してやまない。

一九七一年七月

野間省一